緋弾のアリアAA

赤松中学＆チームアミカ

MF文庫J

口絵・本文イラスト●こぶいち

１弾　間宮あかり

いまだ下町感の残る、中央区・勝《かち》どき――
人工浮島《メガフロート》の東京武偵高《ぶていこう》まではバス圏《けん》内にあるその埋立島に、強襲科《アサルト》１年・間宮《まみや》あかりの住むアパートはあった。

いわくつき物件なんじゃないかってぐらい家賃の安い、『ハイツ勝どき』の一室で――

――あかりが、朝の光にくすぐられた目を覚ます。

高１なのに１３９㎝しかない幼児体型な体をトランプ柄《がら》のパジャマに包み、むくり、とベッドの上に座ったあかりは、

「……うゅ……」

まだ半分、寝ていた。

愛玩《あいがん》動物みたいにクリクリとした目は半閉じだったが、壁に貼られた写真を見るうちにパッチリ見開かれていく。

携帯《けいたい》で勝手に撮った写真を、コンビニのコピー機で部分ごとにコツコツＡ３カラー印刷して繋ぎ合わせた自作ポスター。

そこには……

ピンクブロンドのツインテール、白地に臙脂色《えんじいろ》のカラーをした東京武偵高《ぶていこう》のセーラー服、両手には2丁の大型拳銃《ガバメント》──という、凛々《りり》しい女子の姿が写っていた。

写真の彼女の名は、神崎《かんざき》・H・アリア。

東京武偵《ぶてい》高の強襲科《アサルト》2年、つまりあかりの1年先輩《せんぱい》にあたる人物である。

(──あたしには、目標がある。アリア先輩みたいに、なるんだ……!)

と、写真をキリッと見上げるあかりだが……

……にへら、とその表情はすぐに蕩《とろ》けた。

「ああ、アリア先輩……!」

そのだらしない顔つきで、スリスリ。

あかりは写真のアリアに頬《ほお》ずりを始めてしまう。

これは何をやっているのかというと、それはあかり本人にもよく分からないのだが──

とにかく、憧《あこが》れの感情がそうさせているのであった。

「……今日もステキです……」

写真なので昨日も今日もないのだが、あかりの脳内では今日は今日のアリアが新鮮《しんせん》な幻《まぼろし》となって結像《けつぞう》している。

これも他人にはよく分からない事なのだが、行き過ぎた憧れとはそういうものだ。

だが、そんな幻との遊戯《ゆうぎ》は──

「……っ!?」

置き時計が見せる現実に、打ち砕《くだ》かれる。

時刻は、8時。

「――うぎゃー!」

花の女子高生が上げちゃいけないタイプの悲鳴を上げたあかりは、壁ぎわにハンガーで掛けたセーラー服のブラウスとスカートに飛びつく。両手と、両足の指で。

あかりの経験則によれば、8時5分に家を出ないと武偵高《ぶていこう》に遅刻《ちこく》してしまうのだ。

手では上半身の、足の指では下半身の着替えをするという、他人様にはちょっとお見せできない荒技で瞬時に着替えたあかりは――半ベソで自室を飛び出す。

そして、

「ののか! なんで起こしてくれなかったぁー!」

おはようの挨拶《あいさつ》も無しに、妹――間宮《まみや》ののかに寝坊の責任転嫁。

一方、ののかは一般中学のブレザー制服に着替えを済ませており……

リビングの鏡台《きょうだい》について、肩まである黒髪をブラシでとかしていた。

「起こしました。そしたらお姉ちゃん、蹴《け》ったもん!」

と、ののかは振り返りながらアカンベーしてくる。

その顔には、小さな足形《あしがた》が赤く残っていた。どうやら寝ぼけたあかりが蹴った跡《あと》らしい。

「……あ……ごめん……」

不出来な姉がタジタジ謝ると、ののかは「しょうがないなぁ」と許してくれて……

あかりは横から鏡台を使わせてもらい、ショートツインテールに結ってある生まれつき少しブラウンの髪を整えた。

そして地味な通学カバンに、ワタワタと必要なものを押し込んでいく。

「えとえと、ケータイが……」

「はい。リビングにあったよ」

「ありがとっ！」

ここでもののかに助けられつつのあかりが家を出ようとすると、

「もー。防弾制服ちゃんと着る！」

ののかは少し乱れていたあかりの制服の裾《すそ》を、素早く整えた。

——防弾制服。

それはＴＮＫ《ツイステッドナノケブラー》ワイヤーという繊維《せんい》が帷子《かたびら》状に縫《ぬ》い込まれた、東京武偵高の制服だ。

そのワイヤーは顕微鏡《けんびきょう》レベルで見ると微細《びさい》な撥条《バネ》構造をしており、何かが高速度で衝突《しょうとつ》した際の衝撃《しょうげき》を分散する。

この制服への衝突を想定された『何か』。それは——『銃弾《じゅうだん》』だ。

銃規制に喘《あえ》ぐ銃器《じゅうき》産業を支えるため、米国の共和党が新たに市場開拓《かいたく》を企図した日本で……政府が近年解禁し、瞬《また》く間《ま》に流通した拳銃《じゅう》やライフル。

その銃口《じゅうこう》が日常的に向けられ得る武偵高《ぶていこう》生の服、それがこの一見ただの学生服に見える防弾制服なのだ。

防刃《ぼうじん》性もあるそのセーラー服のタイをあかりが直していると、

「銃も忘れてるよ！」

呆《あき》れ顔ののかがあかりのスカートをめくって、太ももに巻かれたレッグホルスターに短機関銃《たんきかんじゅう》を挿《さ》してくれた。

その銃は、マイクロUZI《ウージー》。

イスラエルの旧IMI社が開発した傑作《けっさく》銃の、コンパクトな1バリエーションである。UZIは一般的な拳銃弾《ルガー》を使用でき、25発もの弾を約1秒で一気にバラ撒《ま》け、耐久性《たいきゅうせい》も高いサブマシンガンだ。

東京武偵高では全生徒に銃器《じゅうき》・刀剣《とうけん》の装備が義務づけられているのだが、あかりがこの銃を選んだのは……

1000万丁以上が流通しているベストセラー銃なので、本体も部品も安かったから。

あと、美人の銃砲《じゅうほう》屋さんの『数撃ちゃ当たる』という売り文句にコロッとノセられて。

……という、極めてシロウトっぽい理由による。

「じゃ、ののか。先に行くね。チカン、・・・・・・クルマ、スリには気をつけるのだぞ！」

あかりはお姉ちゃんぶって、そんな注意をして——がぶ。

トースターから飛び出た食パンにかじりつき、それを咥《くわ》えたままアパートを出発した。


現在、日本は凶悪化する犯罪に対抗して——ある国際資格を導入している。

武装探偵《Detective Armed》、通称、『武偵《ぶてい》』。武装を許可され、荒事《あらごと》を有償《ゆうしょう》で解決する何でも屋だ。

それを育成するための総合教育機関・東京武偵高は、レインボーブリッジ南に位置する南北２km・東西５００ｍの人工浮島《メガフロート》上に在った。

一般の高等学校教育に加えて、捜査《そうさ》・鑑識《かんしき》・武装犯罪者との戦闘等に関わる専門科目を履修《りしゅう》できる武偵高では……校則通り銃器や刀剣で武装した生徒たちが、当たり前のように歩いている。

そんな生徒が行き交う校門で、バスを降りたあかりは息を切らせていた。

（間に合った……）

ののかのおかげで遅刻《ちこく》を免《まぬが》れたあかりが、ヘロヘロと校門をくぐると……

（……？）

一般校区の片隅《かたすみ》で、何か騒ぎが起きている。

「我只是想祖一个厕所《トイレ貸せって言ってるだけだろ》！」

「请别轻视我的人权《人権無視すんなよ》！」

という乱暴な中国語に混ざって、女子生徒の短い悲鳴も聞こえてきた。集まっている生徒たちの間から様子を窺《うかが》えば、どうやら車輌科《ロジ》の護送車で移送してきた犯罪者たちが暴れているようだった。中国系の、腕にヘビの入《い》れ墨《ずみ》がある5人組だ。

どうやら言葉が通じない事が発端《ほったん》で、トラブルになったらしい。

(……車輌科《ロジ》の生徒がやられてる！)

一味は手錠《てじょう》をされていてもお構いなしに、車輌科——車両・船舶・航空機の運転操縦を専門とする生徒の胸ぐらを掴《つか》んだり蹴《け》ったりと暴力を振るっている。

(助けなくちゃ……)

と思いはしたが、暴れているのは中国系のマフィアらしいガラの悪い連中だ。あかりを含めた野次馬《やじうま》の生徒たちは尻込みしてしまう。

そこに——

「Bad loosers《やめなさい》!!」

——鋭く甲高い声が、あかりのすぐ隣《となり》から響く。

その声の主は、イギリス出身の留学生、東京武偵高《ぶていこう》強襲科《アサルト》2年。長いピンクブロンドのツインテールがトレードマークの、神崎《かんざき》・H・アリアだ！

(あっ！)

憧《あこが》れの人の登場に、あかりの心臓がぴょんと跳《は》ねる。

アリアは野次馬の生徒たちにも見知られた有名人で、「……アリア」「アリアだ！」と口々に名前を呼ばれている。

犯罪者たちの敵意と、周囲の期待感を一身に集めながら――

それをどちらも何とも思っていない様子で、アリアは堂々と歩み出る。

だがその体格はあかりと同レベルの小ささ。小学校高学年と言われても通用するような、ミニ女子高生だ。

「是什么这个小子呢《なんだこのちびっ娘》？」

屈強《くっきょう》そうな犯罪者たちはそんなアリアを、グルリと取り囲んで見下ろす。

彼らとアリアの体格差は、歴然《れきぜん》だ。

これはさすがに危険ではないか……

と思うあかりの目の前で、パァンっ！　という音と共に、

「呜哇《うわっ》！」

犯罪者の１人が悲鳴を上げた。

先に手を出したその男の顎《あご》に、アリアの掌打《しょうだ》が炸裂《さくれつ》したのである。

ふらつく男の腕を取ったアリアが、ズシャッ！　合気道《あいきどう》の四方《しほう》投《な》げにも似た技で、敵を地面に転がしてしまう。

慌《あわ》てて襲《おそ》いかかる敵に、バキッ！　ゴキッ！　ガゴッ！

金槌《かなづち》で殴《なぐ》るような音を上げながら、アリアの拳《こぶし》が打ち込まれていく。

映画のワンシーンのようにドサドサと3人が倒れる中、

「子鬼子《このガキ》呢！」

と、最後の1人がアリアを黙《だま》らせようと背後から両手を振り下ろす。

（危ない！）

あかりは注意を促《うなが》そうとするが――

その斧を打ち下ろすような一撃は、空振る。

次の瞬間、すでに攻撃者の背後に回り込んでいたアリアが、タンタンッ、と敵の膝裏《ひざうら》に器用なトーキックを打ち込んでいく。

それで中腰《ちゅうごし》になった相手の首に、アリアは跳躍《ちょうやく》して両足で飛びかかる。

そして、ぐるんっ！　敵の首を、可動域の外へと回転させてしまう。

「……ッ……！」

悲鳴も無く、5人目の犯罪者は白目を剥《む》いて失神《しっしん》し――

とんっ、とアリアが地面に戻ると同時に、他の4人と折り重なるように倒れていった。

「You should know when to give up《往生際がいんだから》」

ちょっとオーバーアタック気味な制圧劇を見せたアリアが、美しい発音のクイーンズ・イングリッシュで言う中……

「……」

いつからそこにいたのか、木製ストックの初期型ドラグノフ狙撃銃を担《かつ》ぐ狙撃科《スナイプ》のレキ先輩《せんぱい》がアリアのそばに立っていた。出番は無かったようだが、万一に備えていた様子だ。

アリアほどではないが、このレキ先輩も武偵高《ぶていこう》では知られた名の生徒だ。狙撃の天才児として——そして、喜怒哀楽の感情を全く見せない、ロボットみたいな変わり者として。

「んもう」

フン、と犯罪者たちを見下ろすアリアが鼻息を鳴らす。

その呼吸はもちろん、髪も全く乱れていない。

「神崎《かんざき》さん！」

そこにようやく、銃を持った強襲科《アサルト》の1年たちが駆《か》けつけてきた。鑑識科《レピア》の生徒もだ。

アリアは踵《きびす》を返すと、

「こいつら、ただの窃盗団《せっとうだん》だったのよ。尋問科《ダギュラ》にぶちこんどいて。鑑識科は現場の調査。まだ仲間がいるはずだから」

彼らにキビキビと命令を出している。

歩きながら周囲に指示を出すその様子は、まるで海外ドラマに出てくる有能なキャリアウーマンのようだ。

「あんたは狙撃科に戻って、次の準備よ」

アリアは同級生のレキにも指示を出しつつ、何かの大きな事件《ヤマ》を追ってるムードでその場から去っていく。

そんなアリアの背中を、

(アリア先輩《せんぱい》……!)

あかりは瞳《ひとみ》にキラキラと星を浮かべつつ見送る。

(強襲科《アサルト》のエリートで拳銃《じゅう》・格闘術《かくとう》のエキスパート。イギリスの貴族。14歳からロンドン武偵局《ぶてい》の武偵として欧州《おうしゅう》各地で活躍《かつやく》した後、日本に留学。取り組んだ事件の犯罪検挙率は99%! 犯罪者たちが恐れるその二つ名は――『双剣双銃《カドラ》のアリア』――!)

そんな個人情報だけは知ってはいるものの……

会話はおろか、話しかけたことすらない雲の上の存在。

それが、今のあかりにとってのアリアなのだった。

1年A組の教室は、さっきのアリアの話で持ちきりだった。

朝のホームルームが始まるまでは、みんながアリアのちょっと過剰《かじょう》な程の強さを口々に語っている。

あかりは自分の事でもないのに、それをなぜか鼻高々で聞きつつ……

自分の席で、せっせとシャーペンを動かしていた。

とあるA4サイズの申請《しんせい》用紙、その記入欄《らん》に――『神崎《かんざき》・H・アリア』と記す。

たったそれだけの事なのに、何だか嬉《うれ》しくてニコニコしていると。

――バッ。と、その用紙を背後から誰《だれ》かに取られてしまった。

さらに、背後から抱えられて強引《ごういん》に席から立たせられてしまう。

「わっ!!」

こんなイタズラをするのは……

さっきまで左隣《どなり》の席でマンガを読んでいた、火野《ひの》ライカだ。

ライカはあかりと同じ強襲科の1年生で、アメリカ人と日本人のハーフ。

スラリと高い身長は165㎝もあり、金髪をポニーテールに結い、勝気そうな翡翠《ひすい》色の瞳をした、男まさりな女子である。

腋《わき》の下から通されたライカの右手が、あかりの平たい胸のあたりを……もそっ、と触《さわ》る。

「な、なにすんだ――！　このチカン！」

その手を払《はら》いのけようとあかりは暴れるが、あかりより体格に勝るライカには敵《かな》わない。

そのライカは、あかりから奪った紙――

『戦姉妹《アミカ》申請用紙』を、見ていた。

「――あかり。お前、アリア先輩と戦姉妹《アミカ》契約《けいやく》したいのか……!?」

驚《おどろ》くライカに、あかりはほっぺを膨《ふく》らませて答えない。

「戦姉妹《アミカ》……？」

と、あかりの右隣《どなり》の席に座っていた生徒が顔を向けてくる。

腰《こし》のあたりまで伸びて艶光《つやびか》りする黒髪の、大和撫子《やまとなでしこ》タイプの少女——あかりの友人で、犯罪捜査《そうさ》を学ぶ探偵科《インケスタ》に所属している佐々木志乃《ささきしの》だ。

「戦姉妹って、あの2人組特訓制度《ツーマンセル》の……ですか？」

志乃はあかりがその申請《しんせい》を上げる事に何か引っかかりを覚えたのか、尋《たず》ねてくる。

「そうそう。1人の先輩《せんぱい》の下《もと》で直接特訓を受けながら1年間過ごすやつな」

志乃の方を見つつ、ライカがいつもの男喋《しゃべ》りで言う。

ライカたちが言う通り、戦姉妹とは——

特定の先輩と後輩《こうはい》が2人で活動する、徒弟《とてい》制度。

通常は下級生から教務科《マスターズ》を通じて『あなたの徒弟になりたい』と上級生へ申請を上げ、上級生が下級生をテストし、それに合格すると晴れてコンビを組ませてもらえるものだ。

それが男子同士の場合は戦兄弟、女子同士の場合は戦姉妹と書く。

これは上級生・下級生共にメリットのある制度で、戦姉妹になると先輩は後輩に無償《むしょう》で仕事を手伝わせる事ができ、後輩は先輩から技術を学ぶことができる。

だが、警察に準ずる活動も行う武偵《ぶてい》の仕事は……荒事《あらごと》が多い。

出来の悪い後輩を戦妹《アミカ》にしてしまったために、命を落とすリスクだってある。

なので、先輩側は後輩の選抜《せんばつ》を慎重《しんちょう》に行うのが通例だ。

特にアリアのような有能な武偵ともなると、関わる仕事の危険度も高まる。

それを知っているらしいライカは、捕まえたままのあかりにちょっと叱《しか》るような視線を向けた。

「お前、アリア先輩のランク知ってんのか？　Aより上のSだぞ？　戦姉妹を志望した奴、20人続けて不採用だったたって」

——ライカの言うランクとは、武偵ランクのこと。

戦闘力や捜査力《そうさりょく》といった総合能力によって国際武偵連盟《IADO》に格付けされる武偵ランクは、主に上から順にS・A・B・C・D・Eの6段階に分けられている。

そのランクは、そのまま個々の武偵の『格』を表す。

ランクによって武偵業界での扱いが異なるのは当然のこと、武偵を雇《やと》う報酬《ほうしゅう》もまたこのランクを元におおよその相場が決まっている。

そして、あのアリアが属するSランクとは武偵の最高位。

大人の武偵を含めても日本には数十人しかいない、エリート中のエリートなのだ。

一方、あかりのランクは……

「お前みたいなEランク武偵が、アリア先輩に組んでもらえるわけないだろ」

……ライカも言う通り、最低ランクのEなのであった。

「あかりさん。分不相応《ぶんふそうおう》っていうのですよ、そういうの」

ライカだけでなく、いつもは優しい志乃《しの》からまでなぜか否定的な意見が出てきて――

孤立《こりつ》してしまったあかりは、フグみたいに頬《ほお》を思いっきり膨《ふく》らませた。

「そんなの、やってみなきゃ分かんないじゃんか！」

「もうちょっと強くなってからやってみろって。ホレホレ」

拗《す》ねるあかりをカワイイと思ったのか、ライカはあかりの頭上に申請《しんせい》用紙を高く掲《かか》げてヒラヒラ振って見せてくる。こうやってあかりをイジるのが、ライカの迷惑《めいわく》な趣味《しゅみ》なのだ。

「か・え・せーっ！」

ムキになって頑張《がんば》るも、ライカの長い手の先にある用紙にはあかりの手は届かない。

そんな様子がライカのＳっ気を高めてしまったか、

「よし、アタシ自ら逮捕《たいほ》術の特訓をつけてやるよ！」

どん、とライカはあかりを机に軽く押し倒してきた。

1年とはいえ、ライカも犯罪者の武力制圧を専攻する強襲《アサルト》科の生徒だ。

きちんとあかりを机に伏せさせるようにして、身動きが取れないようにしてくる。

そこで関節を取られる寸前、あかりは――

「――ッ！」

素早く、動いた。

そして、ぎゅるんっ！　と、寝返りを打つような動作をした次の瞬間。

「あ……れ？」

と呟《つぶや》くライカの下から、あかりの姿は消えていた。

ライカが持っていたはずの、申請《しんせい》用紙と共に。

一瞬の出来事だったのでクラスメートには認識《にんしき》されていなかったものの、あかりは……

すでに、ライカの手の届かない距離《きより》の床に屈《かが》んでいた。

「……!?」

不思議《ふしぎ》そうな顔をするライカに、あかりは戦姉妹《アミカ》申請用紙を胸に抱きしめつつ——

アカンベー、と、子どもっぽくベロを出すのだった。

武偵高《ぶていこう》では、通常の一般科目に加えて、武偵の活動に関わる専門科目を履修《りしゅう》できる。

専門科目には探偵科《インケスタ》、鑑識科《レピア》、装備科《アムド》、通信科《コネクト》、救護科《アンビュラス》など様々な科があり、それぞれ専用の校舎がある。

その1つ、強襲科《アサルト》棟《とう》——

そこの地下1階・屋内射撃訓練場《インドアファイアリングレンジ》にて、あかりは射撃訓練の授業に出席していた。

（バカライカ！）

指抜きグローブ《OFG》を装着し、人型のターゲットを睨むあかりは、

（申請するのは自由だもん！）

今朝のライカへの不満を発散するように、マイクロUZIを連射《フルオート》で撃ちまくる。

バララララッ！　と、銃弾《じゅうだん》を一気にばら撒《ま》くが――

銃身がブレにブレて、弾はなかなかターゲットに当たらない。

というのもマイクロUZIは連射速度に優《すぐ》れる代わりに、そもそも着弾《ちゃくだん》点が安定しない短機関銃《たんきかんじゅう》なのである。巨漢《きょかん》が腰《こし》ダメに固定して撃つならともかく、体重《ウエイト》33kgのあかりにはまぐれ当たりを期待するしかないシロモノなのだ。

しかし、そんな銃の特性はお構いなしで、

「コラッ！」

ごちん！

と、強襲科の蘭豹《らんぴょう》先生があかりの脳天に拳骨《げんこつ》を落としてきた。

「集中しろや！　9㎜弾《キュウパラ》の反動ぐらいで手ぇブレさすな!!」

香港マフィアの首領《ドン》の娘で、タンクトップにジーンズ、背には刀を背負ったワイルドなこの厳しい女教師は――

「全然当たってないやないか！」

眉尻《まゆじり》をつり上げつつ、あかりが撃っていたターゲットを指さす。

叱《しか》られた通り、あかりの弾は結局1発たりとも命中していなかった。

（あちゃあ……）
警察官や自衛官とは異なり、武偵《ぶてい》が使用する銃は原則自由《じゆう》だ。
とはいえこれでは、マイクロUZIは命を預ける相棒として不安が残る。
しかし、あかりはある理由によって射撃がヘタ……という以前の、まるで出来ない子。
従って、数撃ちゃ当たる戦術を取るしかないのも事実なのであった。
「──あれ見ろッ」
蘭豹《らんぴょう》は、背中越しに親指で他のレーンを示す。
その射撃レーンには──
（あっ、アリア先輩《せんぱい》……！）
忙しい任務《クエスト》の合間を縫《ぬ》って訓練に来た、アリアの姿があった。
その手には、白銀と漆黒《しっこく》の２丁拳銃が握《にぎ》られている。
２丁はどちらもフルオート射撃を可能にしてある、改造銃のガバメント・クローンだ。
ババババッ！　ババババッ！　と、その大型拳銃《ガバメント》から射撃音が連なっている。
その弾は、人型ターゲットが持つ『銃』の位置、最高得点の部位に全弾命中していた。
──法律によって、武偵には行動に厳しい制限が課されている。
その最たるものが、武偵法９条。
武偵は如何《いか》なる状況に於《お》いても、その武偵活動中に人を殺害してはならない──という規則である。

それはつまり、相手が武装していても射殺《しやさつ》してはならないという意味。一見理不尽《りふじん》にも思えるその法律には、公的な武装者に厳しい責任を課す日本のお国柄《くにがら》がよく表れている。

とはいえターゲットの手や足を撃っても、この訓練では得点が入るのだが……アリアはそれすら避けて、銃だけをピンポイントに撃っているのだった。

その腕前は、的にすら当てる事ができないあかりとは天と地の差。

(マイクロUZIの9㎜弾よりずっと強力な.45ACP弾の、しかも二丁撃ちで……！)

感嘆《かんたん》するあかりは、自分の不甲斐《ふがい》なさも忘れ――

また目をキラキラさせて、アリアを見つめてしまう。

ターゲットを狙《ねら》う、凜々《りり》しい赤紫色《カメリア》の眼。

教本の写真にしたいぐらい正しい、射撃姿勢。

そして……

あかり同様に小柄《こがら》な体格や、控《ひか》えめな胸のサイズ。

(あたしと同じような幼児体型なのに……凄い！)

心の中でちょっと失礼な事を考えつつも、あかりはアリアの存在を心の支えにしていた。

体が小さくても、アリアは強い。

だから……

自分だって、きっと強くなれるのだ。

あかりは強くなりたい。強くならなければならない。

（強ければ——）

……あかりの脳裏《のうり》に、過去の記憶が甦《よみがえ》る。

燃える街の中、あかりは……泣いていた。

弱さゆえに敗れ、ただ泣く事しかできなかった、破滅の記憶——

（——もう、あんな思いをしなくて済む……）


夕方の帰り道、あかりはショボくれた顔で校舎を後にしていた。

その手には『中距離《きより》射撃訓練結果』のプリントがある。

あかりの成績《リザルト》は、144人中144位……

今日の訓練に出た強襲科《アサルト》生徒の中で、最下位、である。

これが実際の銃撃戦《じゆうげき》だったら、あかりは今ごろ死体袋に入ってののかと悲しみの対面をしていた事だろう。

トボトボ歩くあかりの両隣《どなり》には、ライカと志乃《しの》の姿もあった。

武偵高《ぶていこう》指定のカバンを体の前でお嬢様《じようさま》持ちした志乃は、

「強襲科……辞めた方がいいんじゃないですか？」

横から、少し言いにくそうにそんな事を言ってくる。

普段なら優しい言葉を掛けてくれる志乃なのだが、あかりがアリアに戦姉妹契約《アミカけいやく》を申請《しんせい》しようとしてる事を知って以降、なんかちょっと冷たい。

そんな志乃に、あかりは首を横に振る。

「……辞めない。アリア先輩《せんぱい》と同じ強襲科で、戦姉妹契約したいんだもん」

「なんなら近接戦技《CQC》、アタシが教えてやろうか？」

ライカが、食べかけのアメリカンドッグの先端《せんたん》を銃みたいにあかりの胸に向ける。

その手つきで、またヘンな所を触《さわ》るつもりだな？　と勘《かん》付いたあかりは、

「ライカはバカでエッチだからやだ」

不機嫌《ふきげん》さで八つ当たりする感じに、ソッポを向いた。

断られたライカは――あかりが思っていた以上に、ショックを受けた表情を見せる。

志乃が冷たいから自分が優しくしてやろうと思っていたらしいライカは、あかりの反応に怒って……

「――バカはそっちだぜ！　アリア先輩は強襲科のトップ、お前はビリ！　組むどころか、口きけるチャンスすらねーんだよっ！」

すっかりあかりの敵に回った感じになり、桜の木の下でそう捲《まく》し立てた。

「そうですよ、あかりさん。人には適性や、身《み》の程《ほど》というものがあるのですよ」

人差し指を立てながら、志乃《しの》も諭《さと》すように言ってくる。
あかりは……再び射撃訓練結果のプリントに目を落とす。
144人中144位――
2人が言う通り、自分には才能がない。
これが、現実なのだ。
でも、アリアみたいになりたい。
それが、あかりの夢。
世間で無節操《むせっそう》に礼賛《らいさん》され、無責任に推奨《すいしょう》されている『夢』――
そこへ辿り着く道には、『現実』という逆風が吹いている。
あかりに吹くその逆風は激しく、自分の力だけでは前へ進むことすらできない感じだ。
しかもその進むべき道――武偵《ぶてい》の道は、危険な道。
他の多くの夢とは違い、一歩間違えれば本当に死ぬ事になる。
その道をムリに行こうとするあかりの姿を見て、友達は「引き返せ」と言ってくる。
それはイジワルで言ってるんじゃない。友達だから、言ってくれているのだ。
でも。
だけど。
あかりは、行かねばならないのだ。その道を。

今は弱いけど、強く生まれ変わらなければならないのだ。

ある複雑で、悲しい理由によって。

ああ……

誰《だれ》かが、この背を押してくれたら。

誰かが、この手を引いてくれたら。

その道を、進めるかもしれない。

そう思って、あかりはこの学校に入った。そしてその『誰か』を見つけたのだ。自分と同じように小柄《こがら》な女子でありながらも、誰よりも強く正しくある、あの人を。

（――アリア先輩《せんぱい》――）

思わず手に力が入り、あかりはプリントを握《にぎ》りしめてしまう。

叶わないものと周囲に決めつけられた、思いが――

（アリア先輩のように、強くなりたい……！　でもそのチャンスすら、ダメなあたしには与えられないの……？）

ぽろ……ぽろ……と、あかりの目から涙《なみだ》となって溢《あふ》れ出る。

ついに泣き始めてしまった、あかりの上から。

その思いを読み取ったかのように。

さっきのライカの言葉に反論するかのように。

「——あたしは、機会《チャンス》は誰《だれ》にも平等に与えられるべきだと思ってる」

愛らしくも凛々しい、彼女の声が降ってきた。

まるで天から降る、女神《めがみ》の声のように。

「——！」

ずっと彼女に憧《あこが》れ続けてきたあかりには、それが誰の声かすぐ分かった。

あかり、ライカ、志乃《しの》が見上げた先——

第2グラウンドの校門付近にある大きな桜の木の枝に、その人は立っていた。

——アリア。

神崎《かんざき》・H・アリアが、あかりを、ナナメ上から仁王立《におうだ》ちで見下ろしていたのだ。

「——！」

あかりたちは揃《そろ》って目を見開き、驚《おどろ》きのあまり声を失う。

さっきまで怒っていたライカも、アメリカンドッグの芯棒をポロリと落としてしまう。

ピンク色をした桜の花びらが舞う中、

「武偵《ぶてい》は常在戦場。もし、あたしが敵だったら——頭に風穴あいてたわよ！」

アリアはそう言うと、ビシッ！

と、あかりに人差し指を向けてきた。

その堂々とした姿は、とてもカッコよくて——

あかりは、さっきとは別の意味で泣きそうになる。

だが、憧れのその人は厳しい人でもある。

ただ与えてくれる女神様とは違う。

さあ、奪い取りに来い——と言わんばかりに、力強い手つきで——

ジャキンッ、と、アリアは白と黒の二丁拳銃《じゅう》を抜いて見せた。

そして——

「間宮《まみや》あかり」

初めて名前を呼んでもらえて感動するあかりに向けて、

「——戦姉妹《アミカ》を賭けて、あたしと勝負よ!!」

一陣の風と共に舞った桜吹雪《ふぶき》を背に、そう告げてくるのだった。

2弾 エンブレム①

教務科《マスターズ》を通じて、あかりの申請《しんせい》はアリアに届いていたのだ。

——間宮《まみや》あかり。あたしの戦妹《アミカ》になりたいなら、あたしと勝負よ！——

だがその声に、あかりは何のリアクションもできない。

それはそうだ。

あの武偵高《ぶていこう》のスターが、今、こっちを見て、言葉を掛けてくれているのだから。

しかもその言葉は、ある種の宣戦布告。強者から弱者への、恐るべき挑戦なのだ。

緊張《きんちょう》を通り越してフリーズしてしまったあかりを見て、アリアは、ふわり。

まるで空中に階段でもあるかのように、４ｍはある桜の木から降りてきた。体重というものが存在しないような、華麗《かれい》な足つきで。

まだ目を丸くさせているあかりの前に立ったアリアが、ぐいっと胸を張る。

「機会《きかい》は誰《だれ》にでも、平等に与えられるべきだわ。でも結果は平等じゃない。努力次第《しだい》よ」

ただ喋《しゃべ》るだけでも、迫力《はくりょく》がある。

声質はアニメ声優みたいに愛らしく、身長だってあかりと同じぐらいなのに。

存在感があるのだ。あかりだけでなく、ライカも志乃《しの》も一気に呑《の》んでしまうほどの。

——これが、一流の人間というものか。

「あんた、あたしに戦姉妹《アミカ》申請をしたのよね？」

アリアがそう確認を取ってきたので、ようやくあかりも、

「は、はい」

そう、言葉を返すことができた。

「あたしは忙しいの。教務科の命令でも、無条件でお守《も》りなんかしないわ」

そう言い放ったアリアは、スカートのポケットからシールを取り出して見せつけてきた。

拳《こぶし》ぐらいの大きさをした、星形の黄色いシールである。

「だから『エンブレム』。今からやるわよ」

「え？　えんぶれ……む？」

と、目を白黒させるあかりの目の前で——

ぐいっ、とアリアはセーラー服のブラウスをまくり上げる。

小さなおヘソや、無駄《むだ》な贅肉《ぜいにく》のないスマートな腰《こし》まわりが露《あら》わになって……

「……っ!?」

あかりの顔が真っ赤になった。

一体、アリアは今から何をしようというのか。

それは服をめくり上げて行う行為《こうい》なのか。

「——そ、そんな！　な、何をするつもりなんですかっ！　外なのに！」

妙な誤解をしてテンパるあかりの頭を、ライカが叩いてくる。

「バカっ！　エンブレムのルール知らないのかよ⁉」

まだアリアの意図が理解できていないあかりのため、志乃《しの》がいそいそと説明する。

「戦姉妹契約《アミカけいやく》は、契約前に試験があるんです！　強襲科推奨《アサルトすいしょう》の戦姉妹試験勝負《アミカチャンスマッチ》——それがエンブレムですっ」

アリアは「そうよ」と頷《うなず》きつつ、自分の脇腹に星のシールを貼り付けた。

「30分以内に、あたしから、このエンブレムを奪ってみせなさい。これを取れない者とは契約しない。今まで全員、これで不採用にしたわ」

（え……？　取れない者とは……契約しない——⁉）

その言葉を理解するのが精一杯《せいいっぱい》といった様子のあかりに——

「さあ、もう始まってるわよ」

アリアは、パールピンクの携帯《けいたい》を操作しつつ開いて見せる。

画面にはタイマーが表示されており、カウントダウンを始めたところだった。

残り29分59秒。

「そ、そんなの……ムリです……！」

アリアの体に貼られたシールを、奪う。ルールは簡単だが、このテストは……

これまで20人もの1年が——少なくともあかりより成績優秀《ゆうしゅう》な生徒たちが挑戦して誰《だれ》も成功しなかった事なのだ。

それもそのはず、アリアの運動神経はただの人間のものではない。

記憶に新しい今朝の事件でも、それはハッキリ示されていることだ。

そのアリアを捕まえて、ブラウスをめくり上げて、シールを剥《は》がして、奪う。

そんなこと——

「出来るはずがな……」

というあかりの言葉を遮《さえぎ》って、

「チャンスは人を待たない。事件が武偵《ぶてい》を待ってくれないのと同じようにね」

アリアが、問答無用のムードを発してくる。

そう。

もう、始まっているのだ。

あかりの躊躇《ためら》いなんかお構いなしに。

他の試験がいいだとかの甘えた事を言わせずに。

戦姉妹試験勝負《アミカチャンスマッチ》——夢へ向かう、千載一遇《せんざいいちぐう》のチャンスの時間が！

「……！」

ボーっとしていたら。ためらっていたら。言い訳していたら。

刻一刻《こくいっこく》と、失われていく。1秒1秒がダイヤモンドの1粒1粒に匹敵《ひってき》する、貴重《きちょう》なこの時間が！

「あかり！」

ライカの——

「あかりさん！」

そして志乃《しの》の応援《おうえん》が、背中を押してくれた。

いまアリアが、条件付きとはいえ差し伸べてくれた——その手を、掴《つか》めと！

（……チャンスは、人を待たない……！）

行くんだ。

取るんだ。

——その星を！

「うわああっ！」

弾《はじ》けるようにして、あかりは腕組みするアリアに掴みかかった。

がむしゃらに、エンブレムが貼られた腹部に手を伸ばすが——

「!?」

最小限の動きで躱《かわ》すアリアに手首を掴まれる。

掴まれた瞬間、もう極《ロック》められていた。

1秒後、あかりの体は1回転して——バタンッ！　と地面に倒れる。

アリアの力ではなく、あかり自身の力で。

（……て、手首を外されるところだった……！）

関節を曲がらない方向に捻《ひね》られれば、人は自分の力で倒れ込む。

アリアが今朝の犯罪者にも使った、合気道《あいきどう》の技と同じ理屈だ。

受け身は取ったが、それでもあかりの手首はビリビリと痛む。

うつ伏せに転がって顔をあげると……

アリアは「かかってきなさい」と、余裕《よゆう》の笑みを浮かべて指で招いてきている。

あかりは地面を強く叩いて立ち上がり、

「はぁっ！」

今度は、強引《ごういん》に組み付こうとした。抱きついてしまえば、体格が同等の人間同士は取っ組み合いになる。そうなれば、脇腹に触れることもきっと……！

そんなあかりの考えを浅はかなものと嘲笑《あざわら》うかのように、アリアはバックステップした。

そしてそのまま、真後ろにあった桜の木を——

後ろ向きで、ほとんど垂直に駆《か》け上がる。

（跳攀法《パルクール》……!?）

驚《おどろ》き、見上げるあかりの頭上をアリアが身を捻りながら通過する。木の幹を軽く蹴《け》ってあかりの背後に出ながら、とんっ、とあかりの後頭部を押しつつ。

「!!」

——ぐちゃ！

と、鼻が潰れるような勢いで、あかりは木に激突《げきとつ》してしまう。

（……つ、強い……！）

あかりはぶつけた顔を押さえて涙目《なみだめ》になりつつ、それでもアリアを視界内に捉《とら》えることだけは続けようと振り返る。

「あかり、素手《すで》じゃダメだ！」

ライカのアドバイスに、

「いいわよ。銃《じゅう》でもナイフでも使いなさい」

アリアは平然と、あかりに武器の使用を促《うなが》す。

刻一刻《こくいっこく》と迫る制限時間に急かされたあかりは、もう迷わず——

セーラー服の後ろ襟《えり》に収めてあった、タクティカル・ナイフ《UZI HEAVY DUTY DEFENDER》を抜いた。

そのまま逆手で、横薙《よこな》ぎに切りかかるが——

「——！」

ナイフを握《にぎ》るあかりの右手、その人差し指と中指の隙間《すきま》に冷たいものが突き刺さる。

それは、アリアが抜いた日本刀の先端《せんたん》だった。

硬質《こうしつ》プラスチックのグリップに易々《やすやす》と突き刺さった刀が、驚《おどろ》いて握力《あくりょく》を緩《ゆる》めたあかりの手からナイフを奪い取る。

「武器は、何をされても放しちゃダメ」

日本刀の先端《せんたん》に刺さったナイフを捨てつつ、アリアがそう教えてくる。

それを隙《すき》と見てとったあかりは、

（それなら……！）

スカートの中から、マイクロＵＺＩを右手で抜く。

いくら自分でも、この至近距離《きょり》なら外さないハズだ。

そう思って引き金を引いた、その瞬間。

あかりが銃《じゅう》を出した事で、一段と鋭い目つきになったアリアが——一瞬で距離を詰め、左手で抜いたガバメントのスライド部分で腕を払《はら》いのけてきた。

「!!」

もう引き金を引く動きをキャンセルできなかったあかりは、命綱《いのちづな》のマイクロＵＺＩから、ババババババッ！　あさっての方向の地面めがけて、ムダ弾をバラ撒《ま》いてしまう。

（拳銃格技《アル＝カタ》!?）

後輩《こうはい》相手でも手抜きせず技を使ってきたアリアに、目を丸くしたあかりへと——

「ムダ弾は使わない事」

右手に刀を持ったまま、アリアは左手のガバメントで、バスッ！
スカートの上から、あかりの大腿部を撃ってくる。
「……ッ！」
防弾制服は弾を通さず、衝撃《しょうげき》を分散させるとはいえ――
弾が命中すれば、着用者に打撃《だげき》のダメージを与える。
その痛みは、プロレスラーによる本気の殴打に喩《たと》えられる程のものだ。
あかりも多少鍛《きた》えているとはいえ、小柄《こがら》な女子高生の身空《みそら》で耐えられるものではない。
どさっ、と尻餅《しりもち》をつくようにして……
あかりはその場に、女の子座りで崩れ落ちる。
格闘技《かくとう》、刃物《はもの》、銃器《じゅうき》――全てに於《お》いて、アリアはあかりを上回っている。
次元が違う、とはこの事なのだろう。
（これが、Sランク武偵《ぶてい》……!!）
一銃一剣《ガン・エッジ》の構え――ガバメントと刀を携《たずさ》えたアリアの姿を、下から見上げていると……
「あかり！」
「あかりさんっ！」
心配そうなライカと志乃《しの》が飛びついてくる。
ライカは、普段はあれだけ勝ち気なのに……友達のあかりが痛めつけられた姿に、少し涙《なみだ》ぐんでさえいた。
「だ、大丈夫。防弾制服だから……」
それに応《こた》えるように、あかりは強がってみせる。
だがライカ同様、太ももの痛みには涙が滲《にじ》む。
でも、あかりの目の涙は――
嬉《うれ》しさによっても、滲んできているのだった。
ライカと志乃《しの》が心配してくれたこと。それと――
(アリア先輩《せんぱい》が今、あたしに戦いを教えてくれてる……!)
その、事実によっても。
あかりが再び顔を向けると、アリアはさっきまでいた場所から消えていた。
今度は、武偵高《ぶていこう》の校舎を背景にして少し離れた所に立っている。
くいくい、と手招きしたアリアは……
1歳年上とは思えないぐらいカワイイ笑顔で、
「おいで。鬼ごっこしよ」
そう告げると、ツインテールを翻《ひるがえ》しながら走り出した。
そして『鬼ごっこ』の言葉通り、あかりに背を向けて逃げていく。
――逃がすわけにはいかない。

——見失うわけにはいかない。

アリアは、あかりの希望の星なのだ。その星に——あの脇腹に貼られた星形のシールに手を届かせるまでは、あきらめてはならない。

あかりは決意に満ちた目で、立ち上がる。

志乃とライカは、まだ心配そうだったが……

もうこうなっては行かせるしかない、という様子であかりを見てくる。

「あかりさん。規則上、助太刀《ヘルプ》は出来ませんが……ご武運を」

志乃は冷静に、

「がんばれ、あかり!!」

ライカは明るく元気に、あかりにエールを送る。

少しだけ笑顔を見せたあかりは、大きく頷《うなず》いた。

「ムリかもしれないけど……行ってくるよ！」

残り時間が25分を切る中——

アリアは、この人工浮島《メガフロート》から台場へと繋がるモノレールの駅に入った。

あかりもそれを追って、駅へと駆《か》け込む。

電子パス《Suica》をタッチさせた自動改札が開くより前に、ヒョイ、と鞍馬《あんば》のようにそこを跳び越えたアリア——をマネしたあかりだが、ゲートに足が引っかかって盛大に転んでしまう。

両足が真上を向くぐらいの勢いで倒れたものの、すぐ立ち上がって階段を駆《か》け上がる。

辿り着いた、武偵高駅《ぶていこう》のプラットホームでは……

「あっ！」

アリアの乗ったモノレールが、ちょうど発車するところだった。

閉じたドアの向こうから、バイバイ、とアリアが手を振ってウインクしてきている。

（アリア先輩《せんぱい》……！）

次のモノレールを待っていたら、追いつけない。

それなら——

「……！」

あかりは決死の思いで、転落防止用の柵《さく》をよじ登る。

そして、モノレール最後尾《さいこうび》の窓に据えられたワイパーに——飛びついた。

車掌《しやしょう》のいないモノレールはそんな事には全く気づかず、そのまま走行していく。

（——落ちる、落ちる、落ちるぅー！）

このモノレールは最大地上高16ｍとか、車輌科《ロジ》のクラスメートが言ってた。転落したら、
本気で命が危うい。

だが、武偵の捕《と》り物《もの》ではこういうアクション映画ばりの危険行為《こうい》が間々《まま》行われるもの。

この程度のこと、アリアと組めば日常茶飯事《にちじょうさはんじ》になるのだ。

そう自分に言い聞かせて、恐怖《きょうふ》に耐え抜き……

台場駅に停まったモノレールから、なんとかホームに這《は》い降りる。

驚《おどろ》く乗降客たちの視線を無視して、あかりは出口へ走り去るアリアを追う。

アリアは再びスカートを翻《ひるがえ》し、ちゃんと乗車賃を払《はら》いつつ自動改札をジャンプしていく。

だが……

あかりが見渡すと、アリアの行く手には下りのエスカレーターや階段があった。

台場駅は武偵高駅よりも混雑している。あの人混みを走って抜ける事はできないだろう。

(ここで――距離《きょり》を詰められる！)

そう思ったあかりの目の前で、

「！」

アリアは道に落ちていた空き缶を軽く蹴《け》り上げると、それを踏みつぶして接点にし……手すりの上を、インラインスケートのハンドレール・グラインドのように滑り下りていく。

「……ッ……！」

あかりは人ごみをジグザグに避けながら、転がるようにして階段を降りる。

距離を詰めるどころか広げられてしまった――その先には露店《ろてん》で賑《にぎ》わう広場があったのだが、

（……ええっ⁉）

アリアはそこでも、なんと壁に駆《か》け上がって、そこを垂直に走って通過していく。

まるで忍者のような壁走りを見せたアリアを追うあかりは、よそ見してたせいで階段を転げ落ち、壁際にあった段ボールの山に突っ込んでしまい……

（……こんなの、ムリ……！　絶対追いつけないよォ……！）

遠くなってしまったアリアの背を見て、ヨロヨロと立ち上がる。

ただ、『走る』。その性能ですら、アリアはあかりと別次元の能力を持っているのだ。

追いつける可能性は、ほぼゼロだろう。

だが――

まだ、見失っていない。だから、あかりは追う。

ほぼゼロの可能性、それをゼロにしないために――！


アリアが30分と宣言した時間は、もう半分ぐらい使ってしまっただろう。

あかりが目を疑ってしまう事に、しつこく追ってくるあかりから逃げるアリアは……今、東京の都心と副都心を繋ぐ高速11号・台場線――

――『レインボーブリッジ』の主塔《しゅとう》の上に立って、こっちを見下ろしている。

レインボーブリッジは、橋長８００ｍ近い巨大な吊り橋。

その橋を吊るケーブルを支える２本の主塔は、海面からの高さが１２６ｍもある。主塔の上は30階建てのビルと同じ高さがあり、かつ、ビルと異なり見た目以上に揺れる場所だ。そんな所に、アリアは地面に立つのと全く変わらない様子で立っていた。

そこへ向けて、あかりは……

歯をガチガチと鳴らし、必死に太いケーブルの上を歩いて登っていく。

ケーブルは低層では緩《ゆる》やかな、高くなるにつれ急な曲線を描き、続いている。主塔まで。

初めはその上にアリアを発見したから――ヤケクソになって登り始めたものの、10ｍも登らない内から、あかりの全身には本能的な震《ふる》えが始まってしまっている。

半分ぐらい登ったところでちょっと足下を見てしまったのもマズかった。

何の支えもないここは、実際の高さよりずっと高く思える。

高所恐怖症《きょうふしょう》でなくても気が遠くなり、ちびってしまいそうなほどだ。

だが、それでも。

（チャンスは……人を……待たない……！）

あかりはまた半ベソになりつつも、一歩、また一歩と登っていく。

アリアの所へ。

星のところへ。

強くなりたい。アリアのように。もう、その思いだけで。

憧《あこが》れは――

ただ憧れているだけでは、一生、幻《まぼろし》のままだ。

(アリア先輩《せんぱい》の戦妹《アミカ》に……絶対に、なるんだ!!)

そこに辿り着くには、行かねばならない。

その道が、どんなに険しいものであったとしても。行かねばならない。

その道は、人を試し。

その道は、人を鍛《きた》える。

憧れにふさわしい自分になれるまで、様々な形で。

時には、レインボーブリッジの吊橋ワイヤーという形で……!

……そんなあかりが接近するにつれ、アリアの顔も見えてきた。

その顔は感心が半分、呆《あき》れが半分といった表情。

どうやらアリアは、台場まで追ってきた戦妹候補の後輩《こうはい》には皆この試練を与えてきたのだろう。だが、本気でこの主塔《しゅとう》を登って来ようとしたのはあかりだけらしい。

3弾 エンブレム②

塔高126m——

レインボーブリッジ主塔のてっぺんには、当然ながら落下防止柵《さく》などは無い。

そして、見かけよりずっと揺れている。

そこに命掛けで辿り着いたあかりの足は自然と内股《うちまた》になってしまい、ガクガク震《ふる》えた。

「——ムリです……こんなところ……立ってられません……せめて下で……！」

あかりの泣き言に対し——

つま先を揃《そろ》え平然とそこに立っていたアリアが、携帯《けいたい》の画面を見せてくる。

残り、10分04秒。

その赤紫色《カメリア》の瞳《ひとみ》は今、あかりを見ていなかった。

さっきから何故《なぜ》か、ずっと眼下《がんか》を見下ろしているのだ。

「……邪魔《じゃま》が入ったみたいだけど、タイマーは止めないわよ。それがルールだから」

「ジャマ……？」

つられて、あかりもつい下を見てしまった。

（——高《たか》っ！）

と、まずは高さに震《ふる》えるが……

（……あれは……！）

視力は人より少しいいあかりも、遥《はる》か下の車道で起きている異変に気づく。

都心側から台場側へと、オープンカーとボックスカーが猛スピードでブリッジに走って来ているのだ。しかも、逆走で。

その行く手には──見覚えのある、武偵高《ぶていこう》の車輌科《ロジ》の護送車が。

オープンカーに乗る男たちは……

判然としないが、武装している？　と、あかりが眉《まゆ》を寄せた時──

パパパパッ！　という遠い銃声《じゅうせい》が下から響き始めた。

護送車の車体側面で、火花が散っているのが分かる。

攻撃されているのだ。車輌科の護送車が。

タイヤをパンクさせられたのか、護送車はドリフトするような動きを見せたかと思うと

ブリッジ上で──サイコロのように、転倒してしまう。

蜘蛛《くも》の子を散らすように逃げていく周囲の車をよそに、オープンカーとボックスカーは

Uターンして、再び護送車を攻撃し始めた。

今度は見えた。男たちはアサルトライフル《AR》で武装している。

護送車の割れた窓とひしゃげたフェンスからは、今朝、アリアが捕まえた犯罪者たちが

逃げ出そうとしているのも見える。

遠くて判然とはしないが、どうも護送車を襲《おそ》った男たちの腕には入《い》れ墨《ずみ》があるようだ。線のように見えるあれは、多分、ヘビ。

（……あの入れ墨は、今朝の……！）

今朝、アリアが捕まえた中国系の犯罪者たちだ。

武偵は準警察権を持つが、東京武偵高の場合、逮捕《たいほ》した犯罪者は最終的には所管の警察署——湾岸《わんがん》・三田《みた》・愛宕《あたご》・麻布《あざぶ》警察署の何《いず》れかに移送するのが通常の手順だ。

その移送途中で、犯罪者たちの一味が仲間を助けようと襲撃《しゅうげき》してきたのだ。

それをアリアも既に見抜いていたらしく、

「やっぱり仲間がいたのね」

と、強襲科《アサルト》生徒の必携《ひっけい》アイテム・空挺《くうてい》ワイヤーを取り出している。

そして、

「あんたは、そこでおとなしくしてなさい」

そう言い残し、バッ——！

バンジージャンプのように、主塔《しゅとう》の上から飛び降りていった。

（……！）

アリアは下で始まった武偵高生徒と犯罪集団との戦いに、加勢するつもりなのだ。銃撃戦を専門としない、車輌科《ロジ》の生徒たちを救うために。

§　§

(AK47が4人、中国北方工业《ノーリンコ》・伍四式手枪《トカレフコピー》が2人——)

敵の戦力を上空から分析しつつ、アリアは空挺《くうてい》ワイヤーのフックを鉄骨に引っかける。

取っ手を兼《か》ねるリールが火花を上げ、その降下速度は急減速していき——

銃弾《じゅうだん》飛び交う現場へと、上から近づいていく。

車輌科《ロジ》の生徒たちは教科書通り、横転した護送車を盾《たて》にして必死に応戦していた。

だが、彼らが普段握《にぎ》っているものはハンドル。拳銃ではない。その射撃技術は、場慣れした犯罪者たちと同等かそれ以下といったところだ。

さらに、運転・操縦のジャマにならないよう小ぶりな拳銃を主に選択する彼らの火力は、アサルトライフル《AR》で武装した敵より大幅に劣っている。

容赦《ようしゃ》なく攻め立てる強力なライフル弾を前に、旗色は悪くなるばかり——

その車輌科生徒たちの声が聞こえる距離《きょり》まで、もうアリアは降りてきた。

「犯人グループの仲間による襲撃《しゅうげき》を受けてる！　強襲科《アサルト》と狙撃科《スナイプ》の応援《おうえん》を早く！」

無線で救援《きゅうえん》を要請《ようせい》している生徒の声に、

「――強襲科だけでもいい？」

上空から、アリアが応《こた》えた。

そして銃撃戦の真《ま》っ只中《ただなか》に飛び降りながら、白銀と漆黒《しっこく》のガバメントで――

戦闘機が空襲《くうしゅう》するかのように、敵を銃撃する。

大口径の.45ACP弾が、バシッ！　バキッ！　犯罪者たちの銃を殴《なぐ》るように、あるいは蹴《け》るように弾《はじ》き飛ばしていく。

ダンッ、と地上に降り立ったアリアは、訓練同様にターゲットの銃だけを狙《ねら》い撃ちしていく。1丁、また1丁。

射撃の天才児と謳《うた》われたアリアからすれば、多少腕に覚えがある程度の相手は物の数に入らない。何度もクリアしたゲームをまたやるような、退屈ですらある行為《こうい》だ。

§　　§

眼下《がんか》の銃声に、あかりの震《ふる》えが増す。

「うう……うう……」

その震える足は、今、レインボーブリッジの吊橋ワイヤーを降りる最中《さいちゅう》だ。

「事件は……武偵《ぶてい》を……待ってくれない……！」

アリアの言葉を、勇気の呪文《じゅもん》のように唱えるあかりだが――

そのスピードは、亀《かめ》のように遅い。

震《ふる》えれば震えるほど、転落の危険性は増す。そう考えると余計に震えが止まらなくなる。

さらに今から向かおうとしている現場では、銃弾《じゅうだん》が飛び交っている。

そこに居るのは、防弾制服の上を優しく撃ってくれるアリアや先生たちではない。

本物の殺意を持って武偵《ぶてい》を攻撃してくる、本物の犯罪者たちなのだ。

でも。それでも。

仲間が襲《おそ》われている。アリア先輩《せんぱい》が戦っている。

その現場がここなのに、ただ高みの見物を決め込む傍観者《ぼうかんしゃ》になれるほど――

自分は、腑抜《ふぬ》けではない。ただの女の子ではない。武偵なんだ！

そう自分に証明するためにも、あかりは降りる。

仲間たちの所へ。敵の、ところへ。

「――！」

――ずるっ！

と、足が――

滑った。震えのせいで、特に何もないところで。

橋に掛けておいた空挺《くうてい》ワイヤーが、急に伸びていく。転落するあかりは心臓が止まってしまいそうな思いと共に、取っ手《ハンドル》のブレーキを握《にぎ》り込む。

もう空中なので二の足を踏む事もできず、あかりはそのまま落ちていく。

（……ッ……！）

だがこうなってしまえば、もうキャンセルはできない。

大抵の事は、きっとそうなのだ。

臆病者《おくびようもの》にも、弱い人間にも、その時は訪れる。

躊躇《ため》ってる内に、何らかの力が働いて――飛び込まされる。その結果がどうなるかは、分からない。分からないけど、飛び込まされたからには死力を尽くさねばならない。

そこで死力を尽くさなければ、本当に死ぬ。

（――それが、武偵なんだ……！）

腹を括《くく》ったあかりは、二丁拳銃で敵と戦うアリアの所へ――降下していく。ワイヤーのブレーキを、緩《ゆる》めながら。なんとか死なない程度の、しかし正直かなりヤバイ速度で。

だがそんな決意を肩すかしするかのように、状況はアリア優勢に大きく傾いているようだった。

もう粗方《あらかた》の敵は沈黙しており、

「闘《や》るんなら、もっといい銃を使いなさい」

落っこちたトカレフコピーを蹴《け》っ飛ばしているアリアの、余裕《よゆう》のセリフも聞こえてきた。

勝利のムードが流れる、その現場に――

（！）

――上空から接近するあかりには、見えた。

敵を見渡すアリアの死角、背後から……

密《ひそ》かにオープンカーに乗り込んだ1人の男が、アクセルを踏み込んだのだ。

やられたフリをしていた犯罪者が、あれでアリアに体当たりする捨て身の攻撃をしようとしているのだ！

銃《じゅう》は粗悪品《そあくひん》だったが、車は盗難車らしくＢＭＷ。

瞬時に加速して、アリアの背へと迫る。

「！」

アリアが振り返った時には、もう回避が難しい位置まで車が迫り来ていた。

眩《まばゆ》いヘッドライトの中、アリアが撥《は》ねられる事を覚悟で受け身を取ろうと構える。

その瞬間、

「――危ない!!」

あかりは柱を蹴《け》り、落下方向をナナメに変えてアリアに飛びかかった。

そして、だんっ！　と――オープンカーの進路外に、アリアの小さな体を蹴り退ける。

「!?」

その機転に助けられたアリアの目の前で、がしゃんっ！

オープンカーのフロントガラスを破壊《はかい》しながら、あかりは車内に突っ込んでしまう。

自らが救ったアリアの、身代わりになるかのように。

「――啊《ギャ》ッ！」

いきなり眼前に出現した少女を避けられるハズもなく、男はあかりにぶつかって意識を一瞬失い――ハンドルを大きく切らされてしまう。

オープンカーはタイヤの焼ける臭《にお》いと共にターンし――ドカンッ！　とガードレールに衝突《しょうとつ》した。

男にバウンドしたあかりの体は空中に投げ出され、ゴロゴロと地面を転がる。

（う、動けない……っ……）

と思ったのも束《つか》の間《ま》、ここが事件現場だという事を思い出して――

バッ、と、あかりは起き上がる。

だが今度は、頭に激痛が。

車と衝突した時に、激しくぶつけたらしい。しかし。

「――いたァーい！」

叫ぶと、割と元気な声が出た。

そういえば強襲科《アサルト》で、蘭豹《らんぴょう》先生から聞いた事がある。頭部とは神経や血管が比較的《ひかくてき》集中しており、実際に負ったダメージ以上に痛んだり出血したりする部位だとか。

そこに、

「あかり！」

なんとかさっき救出できたアリアが、慌《あわ》てた顔を向けてくれた。

というか、あかりが平気で起き上がってきたことに驚《おどろ》いてる顔だ。

それはまあ、驚かれちゃうかもしれない。車に撥《は》ねられて、「いたァーい！」で済んでいるんだから。

だが、実はあかりは強襲科《アサルト》でも打たれ強さには定評があるのだ。中学からインターンで転入して以来、格闘《かくとう》訓練でも他の女子にやられてばかりなので……いつの間にか受け身が上手くなり、耐久力《たいきゅうりょく》も人一倍になっている。

一方、向こうも軽傷で済んでいたオープンカーの男は、中国語で何やら喚きながら——エンストした車を、再び走らせようとしている。

アリアがそっちに銃口《じゅうこう》を向けようとするが、

「……？」

オープンカーは、動かなかった。

「——キーは、ここ！」

と、あかりが車の鍵《かぎ》を人差し指に引っかけ、べーっと舌を出して見せる。

ぶつかった時に、あかりはある技を使ってそれを掠《かす》め取っていたのだ。
言葉は通じてなかっただろうが、運転席の男は車のキーを取られていた事を見て悟り、
降参だ――とばかりに、項垂《うなだ》れた。
アリアは、あかりの仕草を見て苦笑いしている。
偶然《ぐうぜん》あかりの手にそれが引っかかって取れた、と、思ったのだろう。
（……）
あかりは、いま車との交錯《こうさく》時に何をしたのかは言わないでおく。特に、アリアには。
背後の道路からは、ようやく警察の車が到着しようとしていた。

新たな護送車で、犯罪者たちが運ばれていく。

ケガ人は救急車で運ばれ、警察は事後処理に追われていた。

そんな車道の慌ただしい様子を背に、あかりとアリアはレインボーブリッジの縁《ふち》に立つ。

そこは、橋梁《きょうりょう》の保守点検作業用の縁道。

格子状《こうしじょう》のグレーチング床が車道に沿って続いており、足場は細く、フェンスもない。

強い風が2人のツインテールを揺らす中、眼下《がんか》の海は夕焼けに染まり、洋上をカモメが
飛び交っていた。

「……泣きそうな顔しながらも、結局ずっと追ってきたわね」

ここにあかりを呼び出したアリアは、今また携帯《けいたい》を示してきた。

残り時間は、1分と少し。

「ご褒美《ほうび》に、最後のチャンスをあげる」

アリアの言うチャンスとは……説明されるまでもない。脇腹に貼られた星形のシール・エンブレムを奪うため、挑んでこいという意味だ。

「こ……ここでですか？」

だが、あかりにはその自信が無い。

連れてこられたここは狭く、一歩踏み外せば転落してしまうような場所だ。

自由に動ける武偵高《ぶていこう》のグラウンドですら手も足も出なかったのに、こんな所で――

運動神経に勝るアリアからエンブレムを奪う事が、できるのだろうか？　いや……

「そんなの、ム……」

反射的に、あかりの口から「ムリ」という言葉が出かかる。

それを制して、

「チャンスをあげる代わりに――もう一生『ムリ』とは言わないこと。それは人間の持つ無限の可能性を自ら押し留《とど》める、良くない言葉よ」

アリアが、そう告げた。

憧《あこが》れの人がくれたものは、何でも嬉《うれ》しいものだ。それが、厳しい訓示であっても。

なのであかりは言いかけた『ムリ』の2文字を1文字に留めて、残りを飲み込む。
もう、言わない。
言わないと決めると——
残る選択肢《せんたくし》は1つに絞《しぼ》られる。
やるしかない。その覚悟が決まる。
命綱《いのちづな》代わりに今の今まで掴《つか》んでいた、車道側のフェンスから……手を、離す。
そして拳《こぶし》を握《にぎ》り、恐怖《きょうふ》も振り切り——
再び目を開いたあかりの目は、今までのものとは違っていた。
「——アリア先輩《せんぱい》。あたしを襲《おそ》ってください」
もう眼下《がんか》を怖がらず、しっかりと自分の足で立ち、そう求める。
攻撃を促《うなが》した弱者に、アリアは「?」と眉《まゆ》を寄せている。
だが、もうあかりは腹を括《くく》った。そうなれば、続けるしかない。
この——
「先輩、ずっと逃げてた。逃げるアリア先輩とは、あたしも戦姉妹《アミカ》になりたくない」
——分不相応《ぶんふそうおう》な、挑発を。
その言葉を最初はキョトンとした顔で聞いていたアリアだが、
「言った事は——」

カチンと来たのか、その目の色を変えていく。

そして余裕《よゆう》の笑みすら浮かべて、不遜《ふそん》な下級生を可愛《かわい》がってやろうと——

「——取り消せないわよ！」

獲物《えもの》に飛びかかるピューマのように、駆《か》けてくる！

だが、あかりは直立不動の姿勢を保つ。

距離《きょり》はみるみる内に詰まっていく。

残り時間は、15秒やそこらだろう。

すなわち、残されたチャンスは1度きり。

怖いやら緊張《きんちょう》やらで、あかりの拳《こぶし》が自然と握《にぎ》り込まれてしまいそうになる。

でも、ダメだ。握っては。

手は開手《かいしゅ》。脱力。

そうしなければ、できないんだ。

この技は。

自然体のあかりの顔面に、アリアの左手が伸びる。重心は僅《わず》かに右に移った。おそらく
これは、あかりの真横を駆け抜けざまに顔面を正面から張り、同時に足を背面蹴《げ》りで刈《か》る
変則的な大外刈《おおそとが》りのモーション。

——すごい。ものすごいスピードだ。アリアの小さな体には、戦闘機なみのエンジンが

積まれているかのよう。

だけど、それでいい。

あかりは敢《あ》えて、その技を受ける。なぜなら――

（これが出来るの、カウンターの時だけだから……！）

どんな強者も、攻撃の瞬間には、肉体を攻撃のために用いる。

裏を返せば、その瞬間には防御がおろそかになる。

その条件には、やはりアリアも当てはまった。掌打《しょうだ》を突き出す腋《わき》は大きく開き、左腕に護られていた脇腹がブラウス一枚残してガラ空きになる。

あかりは――

額《ひたい》への一撃をアリアの手からモロに受け、同時に目にも留まらぬ足払《ばら》いを掛けられた。

アリアがどう動いたのか、認識《にんしき》すらできないようなスピードだ。

――バチイイイッ！

脳が揺れ、全身が崩される、いかなる反撃もできない強打。

アリアの総合格闘技《バリツ》に、たった1撃で意識・肉体、どちらも吹っ飛ばされてしまう。

だが。

あかりの魂《たましい》は、母から習ったあの技を覚えていた。

「ッ……!!」

宙を舞ったあかりの体は、レインボーブリッジから投げ出され――

海から52mの高さにある橋桁《はしげた》から、落下していく。

「ちょっ……！　強襲科《アサルト》のくせに、ホントに落ちるの!?」

驚《おどろ》いて叫ぶアリアの顔が、声が、遠くなる中……

何もかもから解き放たれるような、無重力の数秒が訪れる。

あかりは背中を下にして、東京湾へと落ちていく。

――ざぶっ！

（あたしには夢がある……）

顔を上にすると、海水の中から遠いレインボーブリッジがボンヤリと見える。

かなり深く落ちたものの、あかりは足をかいて浮上《ふじょう》していく。海面へと。いや――その向こうの橋へと。橋の上にいる、アリアへと。

まだ時間はある、あと、数秒。

（……アリア先輩《せんぱい》みたいに、なるんだ！）

アリアへ向けて、あかりは必死に手を伸ばす。

まずその手が、続けてあかりの笑顔が、ざばっ！　と海面から出た時。

「取りました！」

制限時間の30分が、ちょうど終了した。

今、アリアへ向けて掲《かか》げるあかりの手には――しっかりと、星形のシールが。

「――これであたしたち、戦姉妹《アミカ》ですよね！」

エ・ン・ブ・レ・ム・が、握・ら・れ・て・い・る。

§　§

「……!?」

――取られているハズがない。

水面であかりが掲げるエンブレムを見て、アリアが最初に思った事はそれだった。

だが、自らセーラー服のブラウスをめくって脇腹を見ると……無い。

そこに貼ったはずの星形のシールが、無いのだ。

(今、交錯《こうさく》した一瞬で……スリ取られたの？)

アリアとあかりが接触《せっしょく》したのは、その瞬間しかない。

だがそれは、コンマ数秒の出来事だったハズだ。

しかもその時、あかりは意識を失っていたハズだ。アリアは拳《こぶし》ではなく掌底《しょうてい》であかりの頭蓋《ずがい》を叩いて揺らし、意図的に脳震盪《のうしんとう》を起こさせたのだから。

それなのに――なぜ。

そう考えるアリアの脳裏《のうり》を、オープンカーとあかりとの衝突《しょうとつ》の様子がよぎる。

あの時は、あかりの手が偶然《ぐうぜん》キーに引っかかって取れたとばかり思っていたのだが……

いま考えると、それは考え違いだったと分かる。

(あれは……偶然じゃなかったんだわ……！)

あれは、そして今のこれは、『技』だ。

人間は、たとえ意識を失うその刹那《せつな》であったとしても——度重《たびかさ》なる反復訓練でその身に骨の髄《ずい》まで覚えさせた技なら、繰り出す事ができる。それが技記憶というものだ。

あかりはアリアの知らない、何らかの技を持っている。

——『衝突と同時に、目的物をスリ取る技』。

原理は分からない。使われても、分からなかった。

アリアにも理解できないほど高レベルなその技を、なぜあかりが骨の髄まで覚える形で身につけているのか。それも、分からない。

だが……

1つだけ分かることがある。

それは、間宮《まみや》あかりが——

(——あれが、あたしの初めての戦妹《アミカ》……！)

アリアとの戦姉妹契約《アミカけいやく》試験に、合格したということ。

こうして、この、ある春の日——

神崎《かんざき》・H・アリアと間宮《まみや》あかりは、戦姉妹《アミカ》となった。

まだ硝煙《しょうえん》の香りの残る、ひしゃげた弾丸と薬莢《やっきょう》の散らばった橋で。

4弾　戦姉妹

武装した探偵——武装探偵《Detective Armed》を育成する東京武偵高《ぶていこう》には、先輩後輩《せんぱいこうはい》が1年間の期限付きで行動を共にする『戦徒《アミカ》』という制度がある。

イタリアに在《あ》る世界最初の武偵育成機関・ローマ武偵高で発祥《はっしょう》したその制度は、生徒を自主的に訓練させられる追補的カリキュラムとして、今日《こんにち》では各国の武偵高で採用されている。

男子同士なら戦兄弟、女子同士なら戦姉妹、男女なら戦兄妹や戦姉弟とも呼ばれるその2人単位《ツーマンセル》になると……先輩は後輩を部下として扱い、リーダーシップや管理業務の基礎《きそ》を身につけることができる。後輩もまた先輩から武偵としての心得や技術を学ぶことができ、将来、その学んだ事を次の世代に伝えていく。

そのために、戦徒になると決めた2人は文字通り兄弟姉妹のように過ごすのだ。

あくる日の、夕方——東京武偵高、第1女子寮《りょう》前。

（あたし、本当にアリア先輩と一緒に歩いてる……）

事務作業も手早いアリアの手配で、2人の戦姉妹契約《けいやく》は既に教務科《マスターズ》に申請《しんせい》されている。

教員からは即時で仮ＯＫが出たので、今夜8時には電子的に承認・登録される流れだ。

夢見心地《ごこち》でアリアと共に歩くあかりは、アリアの仮住まいがある女子寮《りょう》——7階建てのマンションへと、入っていく。

女子寮のエレベーターホールでは、戦姉妹《アミカ》と思《おぼ》しき女子2人組とすれ違った。

向こうからも、自分達が戦姉妹に見えているかもしれない……

そう考えると、嬉《うれ》しいやら緊張《きんちょう》やらで顔が熱くなってしまう。

（——これからあたしも、アリア先輩《せんぱい》と一緒に大活躍《だいかつやく》するんだ……！）

ワクワクしながら、あかりは近い未来を思い浮かべる。

アリアと共に、戦姉妹で難事件に立ち向かう。アクション映画のようにカッコ良く銃《じゅう》を振るい、戦姉妹同士で助け合って敵を薙ぎ倒す。

そんな日々が始まるのだ。そう、早ければ明日にも。いや、今夜からかもしれない。

イメージすればするほど、夢見心地が加速してしまう。

「ここよ」

女子寮の707号室前でアリアが立ち止まり、カードキーを使ってドアを開ける。

あかりは自宅アパートからの通学生なので寮というものに憧《あこが》れがあり、校内ネットで寮全体の間取りを見知っていたのだが……

その記憶によれば、707号室とは家賃が30万円とかするＶＩＰルーム。

共用通路を歩いていて分かったが、間取りも他の部屋とは明らかに違う。3倍ぐらいの広さがある。

（ここが、アリア先輩のお部屋……！）

それだけで上がりまくってしまうあかりのテンションを更に上げることに、

「はい」

アリアは部屋のドアを開けたカードキーを、あかりに手渡してくれた。

「戦姉妹は、まず部屋の鍵《かぎ》の共有から始めるのよ。これから色々手伝ってもらうからね」

つまり……このキーを、くれるという事だ！

「はい！　先輩！　あたし、頑張《がんば》ります！」

カードキーを両手で体の前に持ち、あかりはドキドキの表情で答える。

幸せすぎて、ちょっと怖くなってしまう。

そうして、おずおずと入った707号室は——

1人暮らしでは使い切れないほど、部屋が幾つもあった。6LDKか、それ以上だろう。

実際アリアはリビングとベッドルームぐらいしか使ってないようで、後は空き部屋だ。

その贅沢《ぜいたく》な空間の使い方にも驚《おどろ》かされたが、ハイツ勝《かち》どき202号室とあかりの自宅の総床面積より広いリビングにも度肝《どぎも》を抜かれてしまう。

過剰《かじょう》に華美《かび》ではないが確実に金が掛かっている、アンティークの家具。

それらと不思議《ふしぎ》な調和を見せている、最新のＡＶ機器やＰＣ。しかしちょっと生活感が無いのは、キッチンの様子から見て……アリアが自炊《じすい》をまるでしないかららしい。

「わぁ……広い！」

つい口を出たあかりの感嘆《かんたん》に、

「そう？　実家の部屋はこの10倍ぐらいあったけど」

イヤミではなく、本当にアリアはここを狭いと思っているらしい口調で呟《つぶや》いてる。

ビロードのソファーに掛け、アンティークの固定電話をヒョイと取って太ももに乗せた

アリアに——

「実家って……イギリスの、ですか？」

アリアがイギリスからの留学生だという事を知るあかりが、尋《たず》ねる。

「あんたが戦姉妹《アミカ》だから言うけど。あたしは貴族《デイム》なの。ホームズ家の嫡女《ちゃくじょ》よ」

「ホームズ……？」

って、ひょっとして……

「——シャーロック・ホームズ。教科書に載《の》ってたでしょ？　あたしはその４世」

そのひょっとしてな事を、アリアが言ってのけた。

それは別に何でもない事、という感じでアリアは——

あの大型拳銃《ガバメント》を撃ちまくれるとは思えないほど、白くたおやかな指で電話のダイヤルを

回している。

（……！）

アリアが貴族だという事までは知っていたが、『神崎《かんざき》・H・アリア』のミドルネーム・『H』が『ホームズ』の頭文字《かしらもじ》だったとは。

シャーロック・ホームズとは、ヴィクトリア朝時代の19世紀末から20世紀初頭――今からおよそ1世紀前に活躍《かつやく》した、世界一有名な名探偵だ。

後世では探偵としての側面ばかりが強調されて語られているが、シャーロックは射撃や格闘技《かくとう》の名手でもあり――時には武力を以《もっ》て事件を解決へと導いた、武偵《ぶてい》の始祖《しそ》でもある。

……と、確かに教科書に載っていた。

いま目の前にいるアリアは、その歴史上の有名人の曾孫《ひまご》なのだ。

もちろん、あかりは驚《おどろ》かずにはいられない。

ただ、名門の人間はその驚きをあまり快く思わないらしく……

「……と言っても、あたしの私財の半分は相続財産よ。自分で稼《かせ》いだのは半分。だから、褒《ほ》めたり驚いたりも半分にしなさい」

アリアはクールにそう言い、あかりとの会話を打ち切るように電話の受話器を耳に当てている。

なのでここはあかりも空気を読み、こくこく、と、頷《うなず》く事しかしないでおく。

だが――

(――うわぁ！　アリア先輩《せんぱい》のすごい秘密知っちゃったよ！)

心の中では、もう有頂天《うちょうてん》なのであった。

地位も実績も、血筋までもが超一流のアリア先輩と、今、自分は戦姉妹《アミカ》になれている。

つまり、それは自分も一流の仲間という事なのかもしれない。

調子よくそんな事を考えると、目の前の全てがバラ色に見えてくる。

「――Hi, Sarah」

アリアの電話が繋がったらしい。

英語で喋《しゃべ》り出してる。ネイティブなので当たり前なのだが、そんな所もカッコイイ。

「This is Aria speaking. Yeah, I'd like to talk about my bullets...」

(発音キレー……)

もうアリアが何を話してるのか、英語の成績がアレなあかりにはちょっと分からないのだが……アリアはモンブランの万年筆で、メモ帳に何かを書き取っている。

そして、

「ねぇ、あんた」

不意に受話器の発話口を押さえて、あかりを見てきた。

「超偵犯対策《マルチヨウ》の純銀弾《ギンダン》・非法化《ホーナシ》。装備科《アムド》とS研に渡《ワタ》り発注掛けられる？」

……？

「え？」

あかりの頭の中が『？』マークでいっぱいになる。

今のは多分、日本語だとは思うのだが……

何を言われたのか、分からない。

Eランクなので武偵《ぶてい》として高度な仕事をしたことがないあかりには、レベルの高い武偵用語はチンプンカンプンなのだ。

なのでやむなく、首を横に振ると――

アリアは、電話に戻った。

そしてまた、英語で何やら話している。

今の英語の会話も、きっと理解できてなきゃいけない事だったのだ。アリア先輩の役に立つためには。だが英語でも日本語でも、アリアの話す内容がまるで分からない。

あかりは……

しゅんとなる。

さっそく手伝おう……とは思うのだが、特にやれる事が見つからない。

手持ち無沙汰《ぶさた》となり、リビングの片隅《かたすみ》でボケーと立っていると、

「あかり」

電話を終えたアリアが、傍《かたわ》らにあった木箱のフタを開けつつ声をかけてきた。

そして、

「電波《マルデン》を追ってる件があるの。発信源が絞《しぼ》れてきたから、八木《やぎ》も併用《へいよう》するわ。これ、組み立てといて」

と、その木箱を渡される。

ちょっと覗いてみると、木箱の中には金属の部品のようなものがあれこれ入っている。

説明書のようなものもあったが……英文なので、あかりには理解できない。

それを伝えようと顔を上げた時には、

「——あたしはさっきの件、自分で発注してくるから。頼《たの》んだわよ」

行動迅速《じんそく》なアリアは、もう部屋を出ていくところだった。

「……っ……」

そんなアリアの動きをジャマしてはならないという思いが先に立ったあかりは、これが何の部品なのか尋《たず》ねることすらできなかった。

そして、閉じられたドアの前で呆然《ぼうぜん》としつつ……

(……ヤ、ヤギ?)

あかりは、メェーとなくあの山羊《やぎ》を頭に思い浮かべる。

しばらくの後――

「あんた……」

用事を済ませて帰ってきたアリアの呆《あき》れ声に、

「！」

木箱の前に崩れた正座で座るあかりは、ビクリと体を震《ふる》わせて振り返った。

何をすればいいのか分からなかった、あかりは……説明書の紙をくわえてみていたのだ。

「なに食べてんのよ……？」

「わ、私、わかんなくて……アリア先輩《せんぱい》が、ヤギって言ってたから……」

パニック気味で振り返ったあかりの周囲には、木箱に入っていた部品が散らばっている。

あかりなりに頑張《がんば》って、組み立てようとはしたのだが……

「あーもう。壊しちゃって」

部品を拾うアリアが言う通り、結果は散々だった。

「ご、ごめんなさい……私、私……」

「あんた、専門バカ……でもないみたいだけど――武偵《ぶてい》はいろいろ出来るに越したことはないんだからね？　運転、鑑識《かんしき》、射撃……なんでもいいわ。出来る事とか、ある？」

アリアからしてみても――

イジワルをしてるつもりは、無かったのだろう。

むしろ――自分がレベル99だとすればあかりはレベル20ぐらいだろうから、それ相応《そうおう》の簡単な仕事を任せたつもりだったのだ。きっと。

だが、あかりはアリアの想定を遥《はる》かに下回るダメな子。

レベル1とか2の、優等生のアリアにとって――組んだ事は勿論《もちろん》、遭遇《そうぐう》した事すらほぼ無いような落ちこぼれ少女なのだ。

（……あたしに、出来る事……）

目を伏せるあかりは、何も答えられなかった。

出来る事が、ない。

それを物語る、しょぼくれた顔に……アリアは1つ、溜息《ためいき》をついた。

「――ついて来なさい」

そう言うと、今度はあかりを部屋から連れ出す。

一旦《いったん》707号室から出て、女子寮《りょう》の外付け階段を上がり……

あかりが連れてこられたのは、夜の屋上だった。

屋上は広く、中央にはヘリがホバリングして寄せられる事を示すマークもある。

そして、そこにはまた1つ、別の大きな木箱が置かれていた。

「これは……？」

中に入っていた布のようなものを見て、あかりが尋《たず》ねる。

「強襲用のパラグライダーよ。旋回性《せんかい》を上げる改良中なの」

言いながら、アリアは箱からキャノピー――パラグライダーの傘となる布の一部と裁縫《さいほう》道具一式をあかりに手渡す。

ずしりと重たい、見るからに大判の布だ。それが、大量にある。

「まだ布を縫《ぬ》い合わせてないから、縫っておいて。半日はかかると思うけど」

数枚の紙で綴《つづ》られた、今度は日本語のマニュアルを――

「は、はいっ！」

あかりは、わたわたと受け取る。

「手順書通りに縫うだけだから、さすがにできるでしょ？」

そこに確認を取ってきたアリアに、悪意は無いのだろう。

だが――それは、ある種の戦力外通告。

もうこれは、武偵《ぶてい》としての技能とは関係の無い仕事なのだから。

「……はい」

渡されたパラグライダーの材料を、ぎゅっと胸に抱きつつ……

アリアの顔を見る事ができないあかりは、目を伏せながら返事をした。

§　　　　§

あかりにパラグライダーの改良作業を頼《たの》んでから1時間後、夜7時——

そのあかりに壊されてしまった通信機の部品を買い直したアリアは、諜報科《レザド》へと寄り道をしていた。

諜報科とは、武偵高《ぶていこう》の専門科の1つ。犯罪組織に対する諜報・工作・破壊《はかい》活動を専門とする武偵を育成する学科である。

その校舎の窓を隠すように植えられた、立派な樫の木のそばで……

「——あかりの歩法とか構えは、日本の武道がベースだったわ」

壁にもたれかかり、アリアはあかりの印象を語る。

語る相手は、大木から逆さ吊りになって頭上にいる諜報科1年・風魔陽菜《ふうまひな》である。

モグモグと焼きそばパンを食べながら話を聞く、風魔は——

強襲科《アサルト》や探偵科《インケスタ》から転科する形で引き抜かれる事の多い諜報科を最初から選択した事もうなずける、女忍者《くノー》みたいなムードの子である。武偵高のセーラー服に加え、今はパンを食べるために下げているが——普段は、口当てで顔も下半分隠している。

ちょっと奇妙なのは、長いマフラーや黒髪のポニーテールは垂れ下がっているのに……

制服のプリーツスカートは、なぜか重力に逆らって通常の向きと形状を保っている事。

だが、それも『風魔だから』と納得《なっとく》してしまうような独特の雰囲気《ふんいき》を持った生徒だ。

生徒が生徒に任務《クエスト》を依頼《いらい》する事が希《まれ》ではないこの武偵高で、アリアもそんな風魔にある任務を依頼していた。

自分が戦妹《アミカ》にした強襲科1年・間宮《まみや》あかりの身辺調査である。

とはいえ……探らせるにもまだ取りかかりが少なすぎるので、こうして情報をこまめに伝えているところだ。

「でも、あの子が使った技は空手にも柔道《じゅうどう》にも合気道《あいきどう》にも無いものだったのよ」

あかりが、レインボーブリッジの上で繰り出した技――

それを詳細《しょうさい》に伝えつつ、アリアは日本の武術に詳しそうな風魔に意見を求める。

風魔は報酬《ほうしゅう》として受け取った焼きそばパンを食べ終えると、顔を隠し直して、

「――神崎《かんざき》殿が見た技は、おそらく『鳶穿《とびうがち》』。本来は敵の眼球や内臓を素手《すで》で毟《むし》り取る、忍《しのび》の殺法《さっぽう》に御座《ござ》る」

独特の喋《しゃべ》り方で……かなり物騒《ぶっそう》な見解を、述べてきた。

アリアは――黙《だま》る。

「然《さ》れど、鳶穿は敵自身と自らが動く力を用い、双方《そうほう》が衝突《しょうとつ》した瞬間に敵身体《てきしんたい》の穴部《けつぶ》……口や臍《へそ》といった部位から手指を突き入れ、内部の髄《ずい》や臓腑《ぞうふ》を引き抜く技。神崎殿の御体《おからだ》の表面に貼られたエンブレムを取れた事は奇異《きい》に思え申す。間宮殿は何らかの理由で鳶穿を作り替えたのかも……で、御座るな」

——風魔《ふうま》の見立てが正しいのなら、少しキワドイ話だ。

日本の武偵《ぶてい》は武偵法9条によって殺人が禁じられている。あかりはそれを破りかねない殺人技を、『作り替えた』という事になる。

自らもバリツ……シャーロック・ホームズから代々伝わる武術を使いこなすアリアには分かるが、ある技を作り替えるという事は、そもそも使えるという事が前提となる。

あの人畜無害《じんちくむがい》そうな、そして無力そうなあかりが——なぜ、そんな技を？

その疑問が生じたことで只《ただ》ならぬ緊張《きんちょう》感を流したアリアに、風魔も黙《だま》る。

「……」

「……」

しばし、2人が沈黙していると——

……グー……

と、風魔のお腹《なか》が鳴る音が聞こえてきた。

顔つきはクールなままだが……どうも、今日も食事をきちんと取れていないらしい。

というのも風魔は実家が貧しく、学費も滞納《たいのう》してるほどの赤貧《せきひん》武偵なのだ。

「……追加料よ」

アリアが予備として持参していた焼きそばパンを渡すと、

「かたじけない」

風魔はまた口当てを下げて、嬉《うれ》しそうにもぐもぐと食べ始めた。

依頼料《いらいりょう》としては安上がりだが、腹をすかせた武偵は食糧を代償《だいしょう》に働く事も希《まれ》にある。

「あかりのこと、継続して調べて。1年同士なんだから調べにくくはないでしょ。後日、もっと教えなさい」

「御意《ぎょい》」

風魔はそう言い残すと、ざわ……と風に揺れた木の葉に紛《まぎ》れるようにして、闇《やみ》に消えていった。少し埃《ほこり》っぽい春風がかき消していく、焼きそばパンのソースの匂《にお》いと共に。

§　　§

第1女子寮《りょう》の屋上——

星空の下、あかりはひたすらパラグライダーのキャノピーを縫《ぬ》っていた。

布は頑丈《がんじょう》で固く、長大なので、縫っても縫ってもなかなか終わらない。

とはいえ、この縫い物は女の子なら誰《だれ》にでもできる単純作業。

手順書も日本語だし、ただ、やればいいだけの事だ。

だが……

「……」

事ばかりが。

黙々《もくもく》と作業していると、いろんな事が頭をよぎる。夜の暗さも手伝って、ネガティブな

さっき、憧《あこが》れのアリアに言われた言葉――

『武偵《ぶてい》は色々出来るに越した事はないんだからね』

『手順書通りに縫《ぬ》うだけだから、さすがにできるでしょ？』

――あれは、心に突き刺さった。

向こうに悪気が無いことは分かっているのだが、だからこそ辛い。

アリアの落胆《らくたん》したような表情も思い出してしまい……

「あいた！」

ちく、とあかりは指を大きな縫い針で刺してしまった。

指をくわえて痛みを和《やわ》らげるために、作業を一時中断せざるを得ない。

そこであかりは――布を抱きしめ、顔を伏せる。

（……あたしって、こんな事ぐらいしか……できないんだ……）

じわっ、と、視界が滲《にじ》む。

アリアとこの女子寮《りょう》へ入った時に夢想した、カッコイイ武偵に生まれ変わっての大活躍《だいかつやく》

なんか――できないのだ。きっと。

だって自分は、思い描いていただけだから。

運転、鑑識《かんしき》、射撃、通信、情報処理、装備調達……といった、その夢を実現する特技を何ひとつ持っていないから。

あんな手品じみた鳶穿《とびうがち》ひとつで不意を突き、アリアの戦妹《アミカ》の座は射止めた。

だが、それだけなのだ。

ここにいる自分は、相変わらずEランク武偵のまま。

ちびっこで幼児体型で、何もできない、武偵高《ぶていこう》の落ちこぼれ。

(ただアリア先輩《せんぱい》の戦妹になれたってだけで、有頂天《うちょうてん》になって……何の長所もない子は、どんな立派な人の戦妹になれたって、意味がなかったんだ……)

さほど寒くなかった屋上が、急に冷え込んできたような気さえする。

春があかりに与えてくれた新たな挑戦と出会いは、早くも――

苦悩《くのう》と試練に、形を変えようとしているのだった。

§　　　§

装備科《アムド》で無人の工作室を借りて、アリアが自分で八木《やぎ》アンテナを完成させると――

時刻は、もう深夜2時だった。

(……遅くなっちゃったわ)

すでに設置許可は取ってあるそのアンテナを据え付けようと、女子寮《りょう》の屋上に戻る。

こんな時刻なので、あかりはもう帰っただろうと思っていたが……

「……っ」

あかりは、まだ屋上にいた。

パラグライダーのキャノピーにくるまって座ったまま、くーくー寝息を立てている。

あれから8時間、ずっと縫《ぬ》ってたというのだろうか。

そう思ってパラグライダーの布を取って見ると、確かに作業は完了していた。

仕上がりは、もっとずっと後になるだろうと思っていたのに。

——アリアにはアリアで、自ら追っている事件《ヤマ》がある。

電波を探っているのも、パラグライダーを準備しているのも、その事件への対策だ。

もしその事件に明日の朝、動きがあれば。

元々のアリアの予定であれば……今夜このパラグライダーが完成していなければ、対処できなかっただろう。

あかりは、その準備を予定より早めたのだ。

これは戦妹《アミカ》として、立派に戦姉《アミカ》に貢献《こうけん》したという事になる。

「あ……アリア先輩《せんぱい》！」

アリアが近づいたことで目を覚ましたあかりが、慌《あわ》てて立ち上がってくる。

その横で、アリアはキャノピーの縫い合わせ部分をチェックした。

……問題ない。しっかり縫い合わせてある。

マニュアルでは縫い方は任意とされていたが、キャノピーの縫い合わせでは今まで見た事のない――実に、頑丈《がんじょう》な縫い方で仕上げられている。

「この縫い方は……？」

「本返し縫いしました、頑丈な方がいいかと思って」

どうやら、この縫い方はあかりが自ら選んだものらしい。

「ホンガエシ？　日本の縫い方？」

「一縫《ひとぬ》いするごとに布を左右に引いて、同じ穴に針を返して縫うんです。手縫いの中では一番丈夫《じょうぶ》な縫い方なんです」

そんな縫い方をしていたら……とても、手間がかかっただろうに。

だが、おかげでこのパラグライダーの強度は向上している。どんな機動をするか想定もできないハードな事件にも耐えうる信頼性が見て取れる。

アリアが見せる、実戦を想定した厳しいチェックの目――

それを、縫い方を自己判断で決めた事に不満を持たれたと勘違《かんちが》いしたのか、

「あ……あの！　これ、ダメだったら縫い直します！　そ、そうですよね。マニュアルに縫い方の記載《きさい》がなかったからって、私、勝手に……」

あかりは慌《あわ》てて、針と糸を取り直している。

その指先は——針仕事で痛めたのだろう。血で、微《かす》かに汚れていた。

それを見たアリアは、ううん、と首を横に振る。

「ダメなわけないわ。どこの国でも、こんなに丁寧《ていねい》に縫《ぬ》う子はいなかった。ありがと」

そして、あかりの頭を優しく撫《な》でてやった。

「あんたの長所、１個見つけたわ。——いい子ね、あんた」

思った通りを笑顔で言ったアリアに、あかりはキョトンと円《つぶ》らな目を丸くして……

……ぽろ、ぽろ、ぽろ。

と、丸くしたままの目から涙《なみだ》をこぼしはじめた。

「？」

なぜ今の流れで泣かせてしまったのか分からず、アリアが戸惑《とまど》っていると——

「アリア先輩《せんぱい》……！」

あかりは抱きついてきて、さらに泣き続けている。

「……えっ？　ど……どうしたの、何？」

痛いくらいに抱きしめられたアリアは、この反応に狼狽《ろうばい》してしまう。

「なんでも……なんでもありません……えぐっ、ひうっ……！」

尋《たず》ねてもすぐには答えずに、あかりはアリアに抱きついたまま泣き止まない。

（……？）

多様な人種・民族・宗教の人々が住まうロンドンで育ったアリアには――

あまり、他人の感情というものを考える習慣がない。

感情とは、その人のプライベートなもの。

原則立ち入ってはいけないものであり、そこを過剰《かじょう》に配慮するのは一種の侮辱《ぶじょく》にあたる事だとすら考えている。実際、家族でもない別種の人間の感情など読もうにも読めないのが現実だ。

だから、アリアは他人と努めてドライに接するようにしてきた。

必要な情報の指示伝達だけはしっかりして、それ以上は相手の心に踏み込まない。喜びや悲しみは共感できれば良いものだが、共感できない時は――そっとしておく。つまり、放っておく。

それが、国際社会で生きるために必要な考え方だったのだ。アリアにとっては。

だが……

ここは日本。ほぼ単一民族の、イギリスとは全く異なる国だ。

日本人はお互いを思いやり、相手の気持ちを考えて行動することを良しとしている。

だから、郷に入りては郷に従え《When in Rome,do as the Romans do》で――

アリアは、なぜか泣きじゃくるこの可愛《かわい》い後輩《こうはい》を突き放したりはせずに、優しく、抱き返してあげるのだった。きっと、あかりはそうして欲しいだろうから。

それに――だって。

この子は、私の戦妹《いもうと》だから。

そういうのはあまり上手くないけれど、これからもっと……この子の気持ちを考えて、行動するようにしよう。

もう――他人では、ないのだから。

§

§

夜風で体が冷えていたあかりのために、アリアはお風呂《ふろ》を入れてくれた。

ＶＩＰルームだけあって、バスルームも広い。あかりのアパートの風呂場の５倍はある。

「お風呂、一緒に入るわよ」

脱衣所《だつい》でそう告げたアリアが、おもむろに制服を脱ぎ始めたので――

ビックリしたあかりは、慌《あわ》てて涙《なみだ》を拭《ふ》いて視界をクリアにさせた。

ツインテールを巻き上げてお団子ヘアにしたアリアは、あかりが同性という事もあって
……割と惜しげもなく全身つるっつるのカラダを晒《さら》してくれちゃっている。

アリアは、さっ、さっ、と、プリント柄《がら》の下着も脱いでしまった。

（……っ……！）


イギリス人とのクォーターとあって、アリアの肌はキメ細やかだ。

まるで肌自体が発光しているかのように、眩《まばゆ》い白さを誇《ほこ》っている。

女子同士でも一応チェックしてしまう、胸は……制服を着ている時より平坦《へいたん》に見える。

高2と考えると残念なサイズだ。

しかし、それでもＡＡのあかりよりは少しある。Ａか。

胸もだが、オシリも小ぶりだ。

上向きにキュッと引き締まってはいるものの、まあるくてカワイイ。

潜入捜査《せんにゅうそうさ》をする可能性もある武偵《ぶてい》は、ボディービルダーのように見え見えの筋肉を体に付けてはならないとされている。アリアもまたその例外ではなく、丸裸《まるはだか》になれば——この小柄《こがら》な女の子の体が、昨日のＣＱＣや銃撃戦《じゅうげき》で見せたような瞬発力《しゅんぱつりょく》を備えているとは全く分からない。繊細《せんさい》で、ガラス細工のように美しい裸体《らたい》だ。

しかし——その背にうっすらと残る、古い弾痕が……

アリアが『戦う少女』なのだという事を、静かに物語っていた。

「……あかり？　早く来なさい」

「は、はひっ」

アリアの弾痕を失礼なほどに見てしまっていたあかりは、『はい』の2文字すら噛《か》んでしまいつつ……いそいそ。

恥ずかしかったものの制服を脱ぎ、アリアより貧弱な体を露《あら》わにしていく。

戦姉《あね》にだらしない戦妹《いもうと》と思われたくなくて、普段は脱ぎ捨てる制服や下着も丁寧《ていねい》に折り畳んでから……あかりは恐縮しまくりで、アリアがいる浴室に入っていった。


アリアは足を伸ばし、あかりは体育座りで、広い浴槽《よくそう》に対面して浸かり——

「……そう。そんな事で泣いてたのね」

少し時間はかかったが、さっきの自分の心中を説明したあかりに、アリアが少なからず呆《あき》れた顔で言う。

そして、しゅんとしているあかりに……

「泣く事なんて無いわよ。あんたがいきなりAランクとかSランク級だったら、戦姉妹《アミカ》にする意味もないじゃない。これからも、急に強くなったりしないでよ？　そしたら、次はもっと面倒《めんどう》な子を背負いこむ事だって有りえるんだから」

ツンツンした顔で、そう告げた。

その言葉は不器用だが、励《はげ》まそうとして言ってくれている事が感じ取れて……

あかりの心にも、元気が沸《わ》いてくる。

言われてみれば、そうかもしれない。

今の自分は不完全。だが不完全なままでも、アリアのそばにいてもいいのかもしれない。

世の中では即戦力となる人材ばかり求められる風潮《ふうちょう》があるが、それは、求める側に人を育てる余裕《よゆう》が無いことの裏返し。

自分が憧《あこが》れていたアリアという人物は、そんなに狭量《きょうりょう》ではいないのだ。

カラダは小さいが、人としての器はもっと大きく、あかりをそばに置くぐらいの余力は優にある。それを差し置いて最初から背伸びしようとしていたのは、あかりとしても……

アリアに、失礼だったかもだ。

「アリア先輩《せんぱい》……！」

居ても立ってもいられなくなって、あかりは湯船の縁《ふち》に手をついて立ち上がる。

「あたし……あたし……がんばりますから！」

ざばあ、と肩幅《かたはば》に広げた足を浴槽《よくそう》の底で踏みしめ、拳《こぶし》を握《にぎ》りしめて宣言する。

すると——その体勢を取った、結果として。

湯船の中に座っていたアリアの目の前に、あかりの下半身が見せつけられるような形になってしまった。

「……！」

さすがにこれは同性でも——

「——前くらい隠しなさい！」

アリアは赤くなり、バッ！

とっさに全裸《ぜんら》のあかりの両手を取って、大事な部分を隠させる。

「……っ！」

想像力が割と豊かなあかりには、それが同性同士では行ってはならないタイプの行為《こうい》になぜか思えてしまい、

「しーましェーん！」

すみませーん！　すらまた噛《か》みつつ、顔を真っ赤にして湯に潜《もぐ》っていくのだった。


アリアの寝室にはベッドが1つしか無かったが、それは仮にアリアが5人いたとしても寝られるような——超キングサイズのベッドだった。

もう遅かった事もあり、あかりはアリアの部屋に泊めてもらう事になっている。

ネグリジェ姿のアリアを独占《どくせん》して、まったりとパジャマパーティーのガールズトークを……などと年相応《そうおう》の事を企《たくら》んでいたあかりだが、

「じゃ、おやすみ。ライトはあんたが寝るときに消しなさい」

アリアはそう言って横になると、明るい中でも3秒で寝入ってしまった。

すぐ深い眠《ねむ》りについてしまったアリアの、お人形さんみたいに愛らしい寝顔は……

なんて、なんて、美少女なんだろう。

同性が思うのもナンだが、これは美しいなんてレベルじゃない。神々《こうごう》しい。

全体的には上品でありながら愛らしく、目元も眠《ねむ》る時には普段ややキツい印象が和《やわ》らぎ、鼻梁《びりよう》も形良く整っており、チェリーピンクの唇《くちびる》は瑞々《みずみず》しくもハリがある。

廊下《ろうか》や道の角にコソコソ隠れて盗み見る事しかできなかったその美顔を、今は5cm程の距離《きょり》で凝視《ぎょうし》できている。これは革命的なことだ。戦妹《いもうと》になれてよかった。

失神《しっしん》しそうなほどにドキドキしたあかりは——

興奮ですっかり目が冴えてしまい、寝るに寝られない状態になってしまう。

アリアの寝顔は1時間でも2時間でも眺めていられそうだったが、もう時刻は深夜……

(……あ)

そこでふと思い出して、携帯《けいたい》を取り出して妹・ののかにメールを送信しておく事にする。

帰ってこないから、心配してるかもしれない。

『今夜はアリア先輩《せんぱい》のお部屋に泊まってます。パジャマも借りてます。サイズ、ほとんど同じ』

笑い+汗の絵文字でメールを締めくくったあかりは、自分もくすくす笑ってしまった。

今こうしてアリアと一緒にいられる自分が、幸せで、嬉《うれ》しくて。

なのでちょっと自慢《じまん》したくもなってきて、そのメールをライカや志乃《しの》にも送信する。

携帯の時計を見て、もうさすがに寝ないと……と思ったあかりは、寝室の電気を消すと、

「おやすみなさい、アリア先輩」

眠るアリアにそう声をかけ、自分も戦姉《アミカ》と1つのベッドで眠るのだった。

§　　　§

早朝5時過ぎ、アリアは目を覚ます。

(……)

あかりは携帯を手に、まだ寝ている。

8時間ぶっ続けでの縫《ぬ》い物で疲れ切ったのか、アリアが起きた音や動きにも全く起きる気配はない。

見れば見るほど、ただの女の子に見えるあかり……だが。

(あなたは――何かを、隠してるわね)

セーラー服に着替えて寝室に戻ったアリアは、眠るあかりを見下ろしながら思う。

この子は、隠している。

きっと、恐ろしいものを。

アリアの直感が、そう囁《ささや》くのだ。

(――死ぬわよ。隠したままじゃ)

戦いの中でさえ本当の自分を隠そうとする意志は、銃《じゅう》の弾詰《ジャミング》まりのように武偵《ぶてい》を不利にする。

武偵にとって、戦うことは常に命懸《いのちが》けだ。そこで何かを隠そうとするあまり、なすべき事を躊躇《ためら》えば——それは即、死に繋がる。

実際にそうなった武偵も、数多くいるのだ。

だが、だからこそ。自分が戦姉《アミカ》になってやれたのは良いことだったのかもしれない。

それを防いでやる事、戦妹《いもうと》を守ってやる事もまた、戦姉《あね》の役目なのだから。

§　　　§

「……アリア先輩《せんぱい》……？」

７時頃にあかりが目を覚ますと、ベッドルームからアリアの姿は無くなっていた。

あの人がいないだけで、何もかもが無くなってしまったような気さえする。

一瞬、昨日の事はすべて夢だったんじゃないかとさえ思えてしまう。

でも、本当のことだ。あれもこれも。

だって今、私は、戦姉のベッドの上にいるんだから。

「あ……」

ベッドサイドのテーブルの上に残されていた、アリアの書き置き。
それを見つけて、あかりは表情を輝かせる。
『パラグライダーありがとう。使わせてもらうわ』
英語の方が楽だったろうに、親切に日本語で書いてくれたその書き置きを――
あかりは、抱きしめた。
(使ってくれるんだ……！)
窓の外には、爽《さわ》やかな春の朝空が広がっている。
今のあかりの、晴れやかな気持ちのように。
寝室からベランダに出たあかりは、新鮮《しんせん》な空気を胸いっぱいに吸い込んだ。
そして、思う。
今ここにアリアはいない。
あの美しい顔は、見られない。
でも、それはまだ仕方のないことなのだ。
だって、戦姉《あね》は、戦妹《いもうと》のずっと先に――その顔が見えないくらい先に、いるのだから。
これから自分は、そこへ向かって走ろう。
最初から横に並び立つ事はできない。今は遥《はる》か後ろにいる。
だけどアリアのおかげで、走るべき方向はハッキリ分かるようになった。

光のようなスピードで走るアリア先輩《せんぱい》が、その背中を見せてくれているから。
その背を目指して、走ろう。いつか、横に並び立てる時がくるまで、頑張《がんば》ろう。
それがきっと、戦妹《アミカ》として成長するという事なのだ。
(これが……戦姉妹《アミカ》の世界なんだ)
なってみて初めてそれが分かった、あかりは――
自分の前途《ぜんと》を照らすような朝の光に、笑顔を返すのだった。

§　　　§

志乃《しの》――佐々木《ささき》志乃は、あかりからのメールには専用の着信音を設定していた。
こんな特別扱いはあかりだけ。
だから、たとえ夜中にメールが届いてもすぐに飛び起きてメールをチェックできる。
深夜のメールとは、相手と深夜に時間を共有できる貴重《きちょう》な行為《こうい》。
あかりと共に夜を過ごした事のない志乃にとって、深夜にメールをやりとりするのは、
その代償《だいしょう》行為にあたるバラ色の出来事。
……に、なるハズだったのに。
志乃は――担任の矢常呂《やどころ》イリン先生に『佐々木さんはクールビューティーねえ』などと

言われた通り、普段は落ち着いた女の子として通っている。

だが、あかりからメールが届いた時には……はしたないほどウキウキした表情で携帯《けいたい》を取ってしまっている。嬉《うれ》しくて、嬉しくて。それなのに、その文面は――

『今夜はアリア先輩のお部屋に泊まってます。パジャマも借りてます。サイズ、ほとんど同じ（笑）（汗）』

志乃にとって、この上なくショッキングなものであった。

あかりちゃんが。

カワイイ、カワイイ、私のあかりちゃんが。

お泊まりした。

あの、降って湧いた女の部屋に。

「……ッ……」

改めてそのメールを読み、志乃は朝から顔をこわばらせる。

「あかりちゃん……」

もう読みたくない。こんなメール。これは悪い夢。

そう思って、志乃は瞳《ひとみ》から光を失いつつメールを消去する。

だが、メールは消えても。

――事実は、消えない。

5弾　佐々木志乃①

——今からおよそ、半年前。

(はしたない……)

その日、台場を1人で歩いていた佐々木志乃《ささきしの》は、軽蔑《けいべつ》の眼差《まなざ》しを向けていた。同じ東京武偵高附属《ぶていこうふぞく》中学に通う、3人のクラスメートの姿に。

彼女たちは武偵高付属中にはありがちな、ちょっとオテンバな感じの女子グループ。ある者は狙撃銃《じゅう》を背負い、ある者は拳銃を提《さ》げて、わいわいと道に広がりながら歩いている。

3人は……台場で女性に人気のリーフパイを歩きながら食べていた。

それは元々エステーラという大人向けのクラブが作った自家製リーフパイだったのだが、店内で非常に評判が良かったという事で——今は、台場の街角に屋台を構えて売っているものだ。武偵だろうと女子中学生が食べたがる事に、何ら問題はない。

……しかし。

それを学校帰りに買い食い、しかも歩き食べとは。

志乃は、武装検事《ぶそうけんじ》——日本の内閣総理大臣によって任命され、天皇陛下《へいか》から認証《にんしょう》された

エリート検事の父と、元は彼の忠実な部下だった母によって厳格《げんかく》に育てられた。

勉強、武芸、お習字やピアノといった習い事は勿論《もちろん》のこと――

最も厳しく叩き込まれたのは、品格。

正義の守り手・武装検事の娘たるもの、品行方正である事は当然のこと。

はしたない振る舞いをする事は、絶対に許されなかった。

そんな志乃からは、そこを歩く3人の女子はまるで野蛮人《やばんじん》のように見える。

誇《ほこ》り高き学生武偵の制服を着たまま放課後に堂々と買い食いするなど、志乃にとっては考えられない行為《こうい》である。

だが……

注意することは、しない。

そもそも校則違反《いはん》ではないし、ただ見下すだけにしておく。

というのも志乃は、かつてクラスメートにそういった注意を積極的に促《うなが》していたところ……いつの間にか、学校で孤立《こりつ》してしまったからだ。

何も、悪いことはしていないハズなのに。志乃からすれば、理不尽《りふじん》にも。

今や、志乃には友達がいない。

いや、最初からいなかった。

というのも、自分は……

「あ！『勝ち組』だ」

——齧《かじ》りかけのリーフパイを手にしたクラスメートの1人が、自分たちの内輪に向けて、しかし明らかに志乃《しの》にも聞き取れることを前提としたボリュームの声で言った。

「また1人《ぼっち》でやんの」

「美人がお高くとまってるよ」

他の2人も同調するように、リーフパイの屋台を後にしながら志乃の悪口を言っている。

これも、志乃に聞こえるような感じで。

幼い頃から、女性家庭教師による詰め込み式の教育を受けた志乃は——

成績が良い。とても。

しかも自分ではピンと来ない話だが、美人でもあるらしい。自分でそうなろうと思ったわけではないが、母譲《ゆず》りで胸も大きい。とても。

さらに最近ようやく理解できてきた事だが、佐々木《ささき》家は金持ちなのだ。これも、とても。

……それで付いたアダ名が、さっきの『勝ち組』。

要するに、志乃は妬《ねた》まれているのだ。

だがそれにどう対処すればいいのかは、分からない。どうしようもないのかも。

そう思うと……

自分は一生、こうして人から妬まれ、嫌われて、のけ者にされ続けるのだろうと感じてしまう。それはクラスメートへの怒りには向かず、悲しみと、諦《あきら》めの感情が勝《まさ》っていく。

ぎゅっ……

と、志乃の手が通学カバンの持ち手を握《にぎ》る。

（いいもん……私はずっと1人でも……いい……もん……）

強がって、そう自分に言い聞かせる。

（あんなパイなんか、私は食べたくも……）

それも、自分に言い聞かせる。

言い聞かせるが……

……ふわっ……

と、屋台から漂《ただよ》う甘い匂《にお》いが鼻腔《びこう》をくすぐった。

ああ、なんて、なんて――

（……いい香り……！）

美味《おい》しそうだ。

絶妙なバランスで混ぜられた小麦粉とバターとお砂糖が織り成す、香りのハーモニー。

評判通りあれはきっと、いや絶対に、とっても美味しいパイなのだろう。葉っぱの形をしているのも可愛《かわい》くて、抗《あらが》いがたい魅力《みりょく》が詰まっている。

ふと気がつくと――

志乃《しの》は、クラスの女子が去った後の屋台前に立っていた。

エステーラ。スペイン語で『星』を意味する店の名に恥じず、ガラスケースの中に1枚だけあるリーフパイは星のように輝いて見える。

(でも、買い食いなんか……)

自制心は屋台から立ち去れと志乃に促《うなが》すが、本能からくる欲求がそうさせてくれない。

そこで志乃が悶々《もんもん》としていると、

「あ、いらっしゃいませー。リーフパイですか？」

星マークの帽子《ぼうし》をかぶった屋台のお姉さんに、声をかけられてしまった。

「……えっ？」

「お客様、ラッキーですよ。最後の1葉《よう》です。焼きたてなんですが、すぐ売れちゃって」

1枚しかなかったのは、売り切れ間近だったという事らしい。

それをトングで取る店員さんに志乃が、

「えっ、いえ、私はただ見ていただけで……」

そう答えるも、声が小さかったのと店のBGMが大きかったので聞こえなかったらしい。

「ポイントカードはお持ちですか？」

お姉さんはリーフパイを紙袋に詰めつつ、尋《たず》ねてくる。

ポイントカードとは何だろうか？　と、庶民《しょみん》の習わしに疎《うと》い志乃は小首を傾《かし》げる。

だが、何らかのカードを提示して欲しいという事のようだ。

「……？　ゴールドカードなら……」

と、世間知らずの志乃はアメリカン・エキスプレスのカードをそっと出してしまう。

「あー、クレジットカードはダメなんです」

お姉さんは苦笑しながら、当然、志乃が現金でリーフパイの代金を支払《はら》うと思っているらしく――リボンで袋の口を留めてしまった。

どうも、いま志乃がカードを見せた事で買う意志があると判断されてしまったようだ。

しかし、どうしよう。

志乃は普段、外で買い物をほとんどしない。それは佐々木《ささき》家で雇《やと》っているメイドの宮本《みやもと》姉妹の仕事だからだ。なので、現金を持ち歩くことがあまりない。

今日も志乃はカードしか持っておらず、紙幣《しへい》や硬貨《こうか》は持ち合わせていなかった。

しかし、屋台のお姉さんは志乃がリーフパイを買うと思い込んでいる。

困り果てた志乃のそばに――

「――間に合った!!」

志乃と同じ武偵高附属《ぶていこうふぞく》中のセーラー服を着た、短いツインテールの女子が息を切らせて走ってきた。

「リーフパイ、ください！」

500円玉を差し出しつつ、ウキウキした表情で注文する小柄《こがら》な彼女に……

「間に合ってないですー。このお客様で最後なんです」

その子を小学生と間違えたらしい屋台のお姉さんは、ちょっと剽軽《ひょうきん》に応じている。

「えーっ!? また売り切れー!?」

ガーン!

という字が背後に見えそうなほど、その子が表情豊かにショックを受けた顔になる。

そして、タッチの差で最後の1枚を買ったとおぼしき志乃《しの》を見上げてきた。

志乃は——

「い、いえ! 私は美味《おい》しそうだから見てただけで……どうぞ」

ぱたぱた、と手を振って、最後のリーフパイを彼女に譲《ゆず》ってあげる。

買うに買えず困っていたところなので、これはピンチを救ってもらった感もある。

そのショートツインテールの、印象的な女の子は……

「……いいの?」

これもとっても愛らしい、コミカルな表情で小さく驚《おどろ》く。

そして……

「ありがと——!!」

眩《まぶ》しいほどの笑顔を浮かべながら、志乃の手を取ってきた。

その手をぶんぶん振って、喜びを表現してくる。

誰《だれ》かと手を繋いだことなど何年かぶりだった志乃は、少し面食らいながらも――

屈託《くったく》の無い、小さなお日さまのような彼女の笑顔に目を奪われていた。

それが、佐々木《ささき》志乃と……間宮あかりの、出会いだったのだ。


今でも、リーフパイの甘い香りは――

あの日の事を、思い出させてくれる。

――『今夜はアリア先輩《せんぱい》のお部屋に泊まってます』――

昨夜のメールのショックを過去の幸せな思い出で上塗《うわぬ》りし、なんとか自らテンションを持ち直させた志乃は……放課後、武偵高《ぶていこう》の廊下《ろうか》を歩いていた。

その胸には、葉っぱのマークのついた小さな紙袋を抱くようにして持っている。

授業が終わってすぐエステーラの屋台まで行き、メイドに予約させておいた出来立てのリーフパイを受け取ってきたのだ。

（いたいた）

志乃は1年A組の教室に入ると、ライカとおしゃべりしているあかりの姿を見つける。

あかりの行動パターンは、曜日や天候別に細かく統計を取ってある。今どこにいるのか、志乃には大体の見当がつくのだ。

そっと教室に入り、好感度が高いはずのお淑《しと》やかな笑顔で——

「あかりさん、エステーラの限定シュガーリーフパイが手に入り……」

と、話しかける。

しかし志乃《しの》の声は、ライカの話に夢中なあかりの耳には届いていなかった。

「——そっか!!　アリア先輩《せんぱい》、使ってくれたんだ!」

笑顔でそう言うあかりは、こっちを見てくれすらしない。

「アリア……先輩?」

あかりが呼んだ憎《に》っくきその名を、つい志乃はリピートしてしまう。

「あっ、志乃ちゃん」

——少し遅れて、あかりは志乃の存在に気がついた。

ライカは、志乃も話に加わるようにと手招きすると、

「今朝、第2グラウンドで爆弾事件《ボム・ケース》あってさ。たまたま現場の近くにいてさ」

少々物騒《ぶっそう》な話をする。

だが武偵高《ぶていこう》では、発砲《はっぽう》や爆弾の炸裂《さくれつ》は日常茶飯事《にちじょうさはんじ》。

志乃はそんな事より、あかりの様子が気になるのだった。

あかりは……

「アリア先輩がね、被害者をパラグライダーで救出したんだって!　それね、あたしが縫《ぬ》

ったやつなの！　アリア先輩のために！」

……テンションも高く、目をキラキラさせて言ってくる。

なんでそんな目をするの。

「アリア先輩の、ために……？」

そんな嬉《うれ》しそうな目は。

幸せそうな目は。

私にだけ、見せてくれるべきものなのに。

「——そう！　空からバーッと救出！　アリア先輩かっこいい！」

あかりは自分がアリアの役に立てたとあって、イスの上に立ち、子どものように身振り手振りを交えながら喜んでいる。

そのはしゃぎっぷりは、男勝《おとこまさ》りなライカですら苦笑いでちょっと制するほどだ。

この空気の中では、志乃も笑顔になるべきなのだろうが——表情が、引きつってしまう。

「よ、よかったですね。じゃあ、もう帰りましょう。一緒にこれを食べながら」

荒れる心中を隠し、志乃は顔の筋肉だけで笑顔を作ってあかりを誘う。

「おおっ、リーフパイ！」

だが、それにいち早く反応したのはライカだった。

——あなたじゃない。

ライカもあかりを通じて得た貴重《きちよう》な友人だが、今はお呼びじゃない。

そんな志乃《しの》の意思に気づくハズもなく、ライカはふんふんと鼻を動かしてリーフパイの袋に顔を寄せてくる。

そう。このリーフパイは、とっても良い香りのする、とっても美味《おい》しいもの。

だからあかりも、これを食べればアリアの事なんか忘れてくれるはず。

これを食べさせてあげた私のことを、考えてくれるはず。

そんな志乃の勝利の方程式は――

「あっ、今日は一緒に帰れないの。志乃ちゃんゴメンね」

というあかりの返答に、打ち砕《くだ》かれた。

「アリア先輩《せんぱい》の外泊《がいはく》用に、荷造りしなきゃいけないの。ネグリジェとか下着もパッキングするんだよ」

キャーっと興奮しながら、ハートマークを振りまくあかり。

「……！」

志乃は愕然《がくぜん》となる。

戦姉妹《アミカ》になったのだから、外泊の荷造りをする。百歩譲《ゆず》って、それはいいとしよう。

そのために、ネグリジェやブラジャーやショーツに触れる。

それも、一億歩譲って、いいとする。

でも。
どうして？
どうして？
どうしてそんなに、嬉《うれ》しそうにそれを言うの？
私の誘いを断ったばかりなのに、私はそれに深いショックを受けているというのに。
あかりちゃん。
あなたは、どうしちゃったの？
誰《だれ》があなたを、変えてしまったというの――
「それに今あたし、お菓子《かし》NGなんだー」
1人で帰りにかかるあかりが、全く悪気ない素振《そぶ》りで追い打ちをかけてきた。
リーフパイを食べてくれすらしない、という宣言だ。
「アリア先輩と一緒におフロ入った後で、体重《ウエイト》コントロールを命じられたから」
ちょっと恥ずかしそうに言い放たれた、あかりのセリフ。
その一部――
(――お、お、おフロ!?)
その単語が、志乃の全身に電流を走らせる。
おフロ。お風呂《ふろ》。おふろ……！　一緒に、おフロ……！

それはつまり、ハダカの付き合い。

あかりはアリアと、裸と裸を見せ合うような仲になっているのだ。既に。いつの間にか。

(あかりちゃんと、一緒に、お風呂《ふろ》!)

志乃《しの》が入浴中や寝しなに何十回、いや、何百回と空想してきたその行為《こうい》を……

アリアは、もう実現したというのか。

私がまだ見ていない、あかりちゃんの裸を。見たというのか。あの眼で!

人知れず日本海溝《かいこう》のごとく深い絶望に沈んだ志乃を残し、あかりは手を振って教室から出ていく。

あかりが見えなくなった瞬間、ふっ、と志乃の意識が遠のく。

全身から力が抜けて、ふらつき……リーフパイの入った紙袋を手から落としてしまう。

「──おっと」

ぱしっ、と、それをライカが空中でキャッチした。

そして志乃があかりのために買ってきたリーフパイの袋を勝手に開けながら、

「アイツ、今朝からアリア先輩《せんぱい》の話ばっか。よっぽど好きなんだなー」

これも悪意はないのだろうが、また志乃の心を抉《えぐ》るような事を言ってくる。

志乃は……小刻みに震《ふる》える右の拳《こぶし》を左手で包みつつ、教室を出て行こうとする。

「んぁ、帰《はへ》んのか?」

リーフパイを頬張《ほおば》っているライカに、志乃はムリヤリの笑顔を浮かべ……

「……は、はい……気分が……ちょっと……」

そう言うのもやっとの気分で、フラフラと教室を後にするのだった。


高級住宅街の広がる港区・白金台。

その地区でもひときわ大きな豪邸《ごうてい》――自宅に帰った志乃が、広い玄関《げんかん》ホールに入ると。

「お帰りなさいませ、志乃様」

玄関ホールで、宮本詩織《みやもとしおり》・伊織《いおり》――志乃より少し年上の、双子の美人が恭《うやうや》しく出迎える。

この2人は志乃の祖先と仇敵《きゆうてき》の関係にあった人物の子孫らしいが、現代では佐々木《ささき》家で志乃の世話をする忠実なメイドたちである。

白と黒を基調とした、ステレオタイプなメイド服の2人……その片方に鞄を突きつけるように渡すと、志乃は無言でズカズカと宮本姉妹の前を通過しようとする。

「志乃様、ご機嫌《きげん》が優《すぐ》れないようですが……」

様子がおかしい志乃に、心配した詩織が声を掛けてきた。

「――うるさいッ！」

実は内弁慶《うちべんけい》な志乃が金切り声を上げ、イライラした様子を隠しもせずに自室へ入る。

そして、バタン！　と、ドアを乱暴に閉めた。

1年A組の教室より広い、自分の部屋で――

「――何よッ！　アリア先輩《せんぱい》、アリア先輩って！」

その教室からずっと引きずってきた怒りを、志乃《しの》は爆発《ばくはつ》させた。

怒りの形相《ぎょうそう》で叫びながら、黒ストッキングの足でピアノの椅子《いす》を激しく蹴《け》り倒す。

「あかりちゃん！　は！　わたしの！　お友達！　なのに！」

がす！　がす！　がす！　がす！

ウサギの縫《ぬ》いぐるみまでにも八つ当たりし、5発ソファーにぶつけてやったところで、その体がちぎれて中からワタが出た。

「……ふーっ、ふーっ……」

まだ呼吸は荒いが……

暴れて怒りを1％ほど発散した事により、志乃は僅《わず》かながら冷静さを取り戻す。

この怒りの原因は誰《だれ》なのか？　誰が、悪いのか？

そんなの、言うまでもないこと。

――神崎《かんざき》・H・アリア。

あかりちゃんがハマっている、あの悪女だ。

（このままじゃ……アリアにあかりちゃんを取られちゃう……！）

あの女から、あかりちゃんを引き離さなければ。

だって——

あかりちゃんは、私を除く誰のものであってもいけないのだから。

その、いけない事が、起きようとしている。

これは止めなければならない。いけない事は、悪い事。悪い事を止めるのは、良い事に他ならない。つまり、正義はこちらにある。

——アリアという巨悪の出現に、志乃は深刻な表情のままで深呼吸する。

（お、落ち着くのよ、志乃）

今、自分は怒りに囚われている。

正義を行うためには、冷静な判断力が求められるものだ。

だから、まずは落ち着かなければならない。

落ち着くことが、いま第一にしなければならない事なのだ。

そのためにオロオロと志乃が向かう部屋の片隅《かたすみ》には……『あかりちゃんボックス』。

そう名付けた、宝箱が鎮座《ちんざ》していた。

（まずはあかりちゃんボックスで、あかりちゃん成分を摂取《せっしゅ》……！）

志乃は色白な手で、その宝箱のフタを開ける。

その瞬間、志乃の目には箱の中からキラキラと輝く光の粒が迸《ほとばし》るように見えてくる。

そこには——

額縁《がくぶち》に入れた、特にお気に入りのあかりの盗撮《とうさつ》写真。

その他の盗撮写真が詰まった、『あかりちゃんアルバム』。

我ながらよく出来たと思っている、手作りのぬいぐるみ――あかりちゃん人形。

あかりとの日常的な交流や反応によってこまめに記録している、『あかりちゃん好感度グラフ』を書いたノート。

あかりが中身を飲んで捨てたペットボトル。

適当な理由で体育の授業を欠課して教室に戻り、あかりの着衣から採取した、髪の毛。

……などなど、志乃《しの》がここ半年で収集しまくったあかり関係の品が大量に詰まっている。

その箱に頭を突っ込むようにして顔を埋めると……

志乃の心は、とても、とても、安らぐのだった。

「ああ、あかりちゃん……」

そして志乃は宝箱の中からあかりちゃん人形を取り出すと、力いっぱい抱きしめる。

あかり本人のつもりで扱っているその聖なる人形を、胸囲90cmオーバーの巨乳の合間に挟み込んで抱きしめた今、志乃の心は……言いようのない幸福感に、満ちあふれていた。

「――あかりちゃん、ずっとお友達よね！」

志乃はあかり人形を抱いたまま、天蓋《てんがい》付きのお姫様《ひめさま》ベッドにダイブする。

そして毛布を頭からすっぽりかぶり、あかりちゃん人形と2人きりになった。

望ましくない現実から逃れるため、あかりちゃん人形を抱きしめていると……

半年前の記憶が、鮮明《せんめい》に浮かんでくる。

記憶の中でのあかりは、あの頃のまま志乃だけを見てくれている。

……落ち葉舞う秋のあの日。

エステーラの出店でリーフパイを買ったあかりと、志乃は……

お台場海浜《かいひん》公園のベンチに座り、２人でリーフパイを半分こして食べたのだ。

それは、志乃にとって初めての寄り道であり、買い食い。

とってもイケナイ事だった。

でも、あかりに手を引かれて入った公園で、志乃はそれをしてしまった。品格だとか、親の言いつけだとか、そういう事を……ある種のカラを割って、その外に出るような……イケナイ事を、してしまったのだ。

だって──

その時、あかりが言ってくれたから。

一生忘れられないような言葉を、一生忘れられないような笑顔で。

「あかりちゃん……あかりちゃん、うんうん、そうよね。リーフパイ、おいしいよね……私のパイもどうぞっ、なんちゃって……」

志乃は幸せな過去の記憶に浸《ひた》り、同年代の女子たちにはない大人びた色気がある肉体を、

「あっ……あかりちゃん……」

じゃれるネコのように、あかりちゃん人形に擦りつける。

誰《だれ》にも見られない毛布の中で、そんな事を15分ほどモゾモゾやっていた志乃《しの》は……

「……」

自らをそうして慰《なぐさ》める事でストレスが解消された事もあり、素《す》に戻った。

そして数秒間の沈黙の後、がば！　と、毛布をはね除ける。

「——などと現実逃避してる場合じゃありません！」

その表情は勇ましい、武装検事《ぶそうけんじ》の娘らしいものに切り替わっている。

自分を甘やかすベッドから下り、キリッとした顔でデスクのPCに向かう。

そしてブルーライトをカットするメガネを掛けると、ぱかぱかぱかっ！　と、攻撃的な表情でキーボードを叩き、サッサッ、カチカチカチッ！　とマウスをクリックしまくる。

——神崎《かんざき》・H・アリア。

志乃の大事な友人を誑《たぶら》かした、盗人《ぬすっと》にも等しい女について調べるためである。

あかりが絡むと情報収集力が10倍になる志乃は、『武偵高《ぶていこう》イントラネット』『武偵高裏サイト』『〝Kanzaki H Aria〟の検索結果画面』などを素早く、そして着実に読み込んでいく。

しかし、その内容は——

十代前半から欧州《おうしゅう》各地で活躍《かつやく》したSランク武偵。

拳銃《じゅう》・刀剣《とうけん》・格闘術《かくとう》のエキスパート。

犯罪者の強襲逮捕《たいほ》に99回連続で成功。

——なかなかどうして、手強《てごわ》いものだった。

ギリッ……と、志乃は歯ぎしりする。

（強いッ……！　これを直接抹殺《まっさつ》するのはムリそうだわ……）

額《ひたい》に青筋を立てたまま、志乃はさらに校内ネットを検索していく。

アリアに武力で正義の鉄槌《てっつい》を下そうにも、返り討ちに遭う事は確実だろう。あかりとの将来設計を（勝手に）している、つまり未来ある身の志乃は、玉砕《ぎょくさい》の美学を良しとしない。

すなわち、権謀術数《けんぼうじゅつすう》で斃《たお》すべき相手だ。

脅迫《きょうはく》できそうな過去のスキャンダルは無いか。人質《ひとじち》に取れそうな弱い関係者はいないか。

アリア自身にアキレス腱が無いのなら、法律や校則といった制度を使っても良いだろう。

正義を貫くため、志乃はどんな手でも使う気でいる。

そうして、陽《ひ》が暮れた頃——

「……志乃様、お食事をお持ちしました」

双子のメイドが、真鍮《しんちゅう》のトレーに載《の》せた銀色ドームつきの食事を運んでくるが、

「そこに置いておきなさい！」

志乃は顔すら見せず、ドア越しに一喝《いっかつ》する。

今、自分は食事どころではないのだ。強敵との戦いは一瞬の油断が命取り。それはこの作戦立案作業もまた同じ。

急げ。戦いに於《お》いては、時間が味方につくことも、敵に回ることもあるのだから。

一刻も早く――見つけ出すのだ。あかりをアリアから引き離す、必勝の手を。


……気が付くと、カーテンの隙間《すきま》から朝の光が漏れ入っていた。

時刻は、翌日の午前5時。

志乃《しの》はあれから食事も睡眠も一切とっていない。

目の下にはクマができ、頭もクラクラするが……

「……こっ……これだわ……！」

その甲斐《かい》あって、道を見つけ出す事ができた。

全速力で探して、本当に良かった。この道は、制限時間付きの道なのだから。

――今夜8時。

それが、この作戦のタイムリミットだ。

だがそれまでには、まだ半日以上ある。準備を整えるには、十分な時間だろう。

……うふふ、ふふふふ……

ディスプレイの光に顔を照らされつつ、志乃は笑みを浮かべる。

（――これなら、あかりちゃんを取り戻せる！）

§　　　　§

それから2時間後、志乃が自宅で壮絶に寝落ちしていた頃――

「あのー、アリア先輩《せんぱい》……外泊《がいはく》って、いつまでなんですか？」

あかりは、アリアの外泊準備を手伝っていた。

アリアはこれから、極秘《ごくひ》の仕事でしばらく家を留守にするとの事だ。

せっかく同じ部屋での共同生活が始まったのに……と不満げなあかりに、

「そうね。目処《めど》はつかないけど……あかりは１人でもちゃんとしなさい。あたしの戦妹《アミカ》なんだから、できるわよね？」

アリアは告げる。

敬愛するアリアに問われれば、あかりの答えは１つ。

「――はいっ！　１人でもちゃんとします！」

キラキラした無垢《むく》な笑顔で、素直にそうお返事するのであった。

6弾 佐々木志乃②

アリアから何か手伝いを言いつけられてるワケでもなく、遊びに行こうにも予算が無いので……その日の放課後、あかりは特に何の予定もないまま教室を出た。

すると、

「――あかりさん、お疲れさまです。一緒に帰りましょう」

鈴の音のように穏やかな口調で、優しい笑顔の志乃《しの》が声を掛けてきた。

志乃はちょうどトイレ辺りから廊下《ろうか》を通りかかったような演出で現れていたが、実際はあかりが教室を出るのを待ち伏せていた。

が、生来《しょうらい》あまり警戒《けいかい》心のないあかりはそれに気づかず――

「うん！」

幼女のように天真爛漫《てんしんらんまん》な笑顔でうなずく。

そして校門を出るまで、志乃とお喋《しゃべ》りしながら歩くのだが……

あかりが話す事の中心は自慢《じまん》の戦姉《アミカ》、アリアの話題だった。

それが志乃の心にどれだけ黒雲《くろくも》を湧かせてるか気づく由《よし》もなく、また志乃も志乃で顔の筋肉だけで笑顔をしっかりと保っていたため、あかりは志乃からすればノロケにも等しいアリアとの話を無邪気《むじゃき》にしてしまう。

「アリア先輩《せんぱい》、忙しいから外泊《がいはく》するんだって」

溜息《ためいき》まじりにあかりが、その最新情報を言ってしまうと――

志乃は『これぞ天佑《てんゆう》！』と言わんばかりの表情になって、

「じゃあ、私の家に来ませんか？　お夕飯をごちそうしますよ」

そんな提案をしてきた。

それに対し、

「――えっいいの？　行く行く！　志乃ちゃん家に行くの初めてだね。楽しみ！」

あかりは何の疑いもなく、そう答えてしまう。

嬉《うれ》しくてぴょんぴょんはしゃいでしまったあかりは……

ツタヤから出てきたネクラそうな武偵高《ぶていこう》の男子と、危うくぶつかりそうになってしまう。

その男子が持つ紙袋から――『しろくろっ！』『白詰草物語《しろつめくさ》』『妹《マイ》ゴス』といった美少女ゲームが、ちょっと滑り出る。

先輩と思われる彼はそれをとてもハズカシイもののように袋に詰め直すと、そそくさとその場を後にしていくのだった。

§　　　　§

港区白金台で、佐々木《ささき》家を目の当《ま》たり《あ》にしたあかりは――

「す、スゴイ……！　お城みたい！」

ほぇー、と大きく口を開けて驚《おどろ》いている。

この貧しい少女は少女マンガに出てくるような白亜《はくあ》の豪邸《ごうてい》にお呼ばれしてしまった事にテンションが上がったのか、すごい！　すごい！　と、カンガルーのように跳《は》ねている。

その仕草に、

（か、かわいい……！　デジカメ持ってきておけば良かった！）

志乃《しの》は萌えてしまい、ジャンプするあかりをケータイでこっそり撮影しておく。

あかりの手を取って玄関《げんかん》ホールに入ると、

「お帰りなさいませ」

いつものように双子のメイドが出迎える。

「わぁ、メイドさんがいる」

本物のメイドを見たのも初めてだったようで、あかりは驚いていたが――

「！」

「！」

そんなあかりを見たメイド達も、同じように驚いていた。

そして志乃の顔を見て、あかりの顔を見て、改めて志乃の顔を見てから、

「――お嬢様《じょうさま》がお友達を！」

「――初めて連れて来られた！」

たまにやるクセでセリフを割って囁《ささや》き合いつつ、２人は向かい合って喜んでいる。

それをあかりに聞かれたくなかった志乃は、１つ咳払《せきばら》いしてメイドを黙《だま》らせつつ、

「あかりさん、家の中ではジャマでしょうから……銃《じゅう》をお預かりします」

まずは穏やかな表情のまま、あかりにそう告げた。

絢爛《けんらん》なホールを見渡していたあかりは、それが志乃の作戦の第１段階とは知らず、

「うん！」

言われるがまま、マイクロＵＺＩを渡してくれる。

レッグホルスターから銃を外した、あかりの無防備な太ももを――

「……」

志乃はうっすらと笑みを浮かべて、横目でねっとりと盗み見るのだった。

食堂でも、あかりは金銀の装飾品《そうしょくひん》に目をキラキラさせている。こんなモノは幼少期から見慣れている志乃にとってはただの家具なのだが、あかりにとっては財宝に見えるらしい。

あかりのそういう所も、志乃からすれば全て愛らしく思えてしまう。

テーブルにつくと、間もなくメイドたちが夕食を真鍮《しんちゅう》のワゴンに載《の》せて運んできた。

メインディッシュは、ヒレステーキの香草《こうそう》のせ。あかりの口に合うか心配だったが……

「おいしー……！」

大喜びで食べてくれたので、志乃《しの》はホッと胸を撫《な》で下ろす。

「志乃ちゃん、この葉っぱも食べていいんだよね？」

どうも食事にハーブを使う習慣が無いらしく、あかりはその黄緑色の細い葉をつまんで尋《たず》ねてきた。

「ええ。キャラウェイの若葉は、お肉の臭《くさ》みを取ってくれるんですよ。パセリの仲間ですから、食べても大丈夫です」

当たり前の事を説明してあげた志乃に、

「へぇー」

あかりは、素直に感心してくれる。

同い年なのにずっと年下みたいに思える、とってもカワイイあかり……その反応に気を良くした志乃は、デザートに饗《きょう》されたアイスクリームに乗せられた小さな葉っぱも指す。

「このレモンバームには沈静《ちんせい》・強心作用があります。戦闘の前に一枚噛《か》んでおくと全力が出せるんですよ」

「——志乃ちゃん物知りだねー！　女子のグループって必ず1人はいるよね、ハーブとか超詳しい子！」

普段見た事もないようなごちそうを食べて、あかりは上機嫌《きげん》で褒《ほ》めてくれる。

嬉《うれ》しい。

今はアリアの話じゃなくて、私の話をしてくれている。

私を褒めてくれている。あかりちゃんが。

「そんな……それほどでも……」

嬉しくて、嬉しくて、志乃は顔を赤くしていく。

それに気づかれないようにちょっと顔を伏せつつ、でも抑えきれないあかりへの想いをナイフに込めて——

その筋に沿って、丁寧《ていねい》に肉を切っていく。

（……ああもう、好き、好き好き、大好き……！）

向こう側が透けて見えるほどに、バラバラの薄切りになるまで。


夕食を終えたあかりと志乃は、邸宅《ていたく》の庭——イングリッシュ・ガーデンを歩いていた。

佐々木邸《ささきてい》の周囲には高い建物もほぼ無いので、広々とした開放感がある。

すっかり暗くなったその庭を、古風なガス灯を模した電灯《でんとう》が幻想的に照らしている。

志乃はその光の下をあかりと歩き、

「夜に歩かせちゃってすみません。でも、食後に少し散歩をしたかったから……」

ここに誘い出した理由について、それとなく作り話をしておく。

「散歩できるぐらいの庭があるのがスゴイよね！」

だがあかりは不審に思うところもない様子で、むしろ喜んでいる。

ライトアップされた、手入れの行き届いたバラ園を眺めて……本当に来て良かった、と心から思ってる顔をしている。

（……）

志乃《しの》が時計を確認すると、時刻は――7時45分少し前。

そろそろ、頃合いだろう。

そう思った志乃に呼応してか、サアァァ――冷たい風が、庭に吹き込んできた。

「あー……ちょっと寒くなってきたね。戻ろっか」

二の腕をさすりながら、あかりは苦笑いして邸宅《ていたく》側に戻る庭の門のノブを握《にぎ》る。

しかし……ガチャ。

「あれ？」

ドアは、開かない。

「志乃ちゃん。ここ、カギ掛かっちゃってる……」

その通り。

「……………」

さっき、掛けたから。鍵《かぎ》を。

「──志乃ちゃん？」

志乃が返事をしないので、あかりが振り返るのが分かる。

だが志乃はあかりに背を向け、庭園で栽培《さいばい》されているハーブに手を伸ばした。

戦闘の前に1枚噛《か》んでおくと全力を出せる、レモンバームに。

「あかりさん、『三日内解消規則《スリーデイズ・キャンセル》』──って、ご存知《ぞんじ》ですか？」

その葉を1枚引きちぎりながら、志乃が尋《たず》ねる。

だが、知らないだろう。

これは戦姉妹《アミカ》制度の附則《ふそく》。

細かい制度約款《やっかん》の隅《すみ》に志乃が見つけた、通常は顧《かえり》みられることのない条項《じょうこう》なのだから。

やはり聞いた事のない言葉だったらしく、あかりは「？」と首を傾《かし》げている。

「戦姉妹契約《けいやく》には、契約から72時間以内に戦妹《いもうと》が私闘《しとう》で負けたら、契約解消になる規則があるんです。戦姉《あね》が戦妹《いもうと》を守れなかったわけですからね。再契約も許されません」

志乃はレモンバームの葉を咥《くわ》えつつ、それをあかりに教えてやる。

──ある種の、一方的な宣戦布告の前置きとして。

「へえ……そんなのあったんだ。えっと、契約が教務科《マスターズ》に承認されたのが3日前の夜8時

「で、今が7時45分だから……あと15分かぁ」

あかりが、庭園の時計を見ている。

時間はまだ、ギリギリ『三日以内解消規則《スリーデイズ・キャンセル》』の期間内だ。

「うーん……契約《けいやく》解消させたがるとしたら、アリア先輩《せんぱい》と戦姉妹《アミカ》になりたい子だよね？　そういう子はもう20人も断られたし、再申請《しんせい》はできない校則だから……アリア先輩狙《ねら》いの人に襲《おそ》われる心配はないよね」

心配してくれた志乃《しの》を安心させようとしてか、あかりは笑顔を向けてきた。

その愛くるしい顔に、背を向ける志乃は——

「みんながみんなアリア狙いじゃないのよ」

ボソッ、と、呟《つぶや》く。

それから、

「——あかりちゃん。防刃《ぼうじん》制服、ゆるんでないよね？」

今度ははっきりと聞こえる声で尋《たず》ねつつ、バラ園の垣根《かきね》から——

ガサッ、と、隠していたものを取り出す。

——サーベル。

だがそれは外装だけが洋刀で、刀身は関の刀鍛冶《かたなかじ》に打たせた日本刀。日本固有の軍刀だ。

その刃《やいば》は世界のほとんどの刀のような鋳造刀《ちゅうぞうとう》ではなく、鍛造刀《たんぞうとう》。

折れず、曲がらず、強度すなわち殺傷力に於《お》いて、比肩《ひけん》する刃物《はもの》は無い。

だからまずは、あかりの全身を——防刃性もある武偵高《ぶていこう》のセーラー服を、目視確認する。

それが緩《ゆる》んでいると、事故が起きるから。

「志乃……ちゃん？」

戸惑《とまど》うあかりの眼前で、志乃は——すらり。

彫金《ちょうきん》で飾られた金属鞘《さや》を抜き、足下に捨てた。

庭の電灯《でんとう》に、白刃《はくじん》が煌《きら》めく。

そして——

「——あかりちゃん。アリアと別れて」

あかりの目を正面から見据えつつ、そう、宣戦布告した。

薔薇《ばら》と月を背に、春の夜風に吹かれた志乃の黒髪が揺れる。

そして——

「……!?」

驚《おどろ》くあかりに、言葉もなく、サーベルの先が向けられた。

§

§

アパート『ハイツ勝《かち》どき』２０２号室で……

ののかは、姉からのメールを待っていた。

（晩ご飯メールにも、お返事してこないなんて……）

今日は友人——志乃《しの》の家で食事をする、というメールは夕方にあったのだが……小柄《こがら》な割にあかりは１日何食でも食べられる体質なので、帰ってきてからののかの作った夕食も食べるハズ。

そう思って、今日の献立《こんだて》をメールしたのだが……それに、返事が無いのだ。

食べ物の話にはレスの早いあかりからのメールが無い事に、ののかの不安が募《つの》る。

（まさか……）

——ののかの脳裏《のうり》に、２年前の辛い記憶が浮かぶ。

火に包まれる町。

あの、死と隣《とな》り合わせの地獄。

あの時のように、あかりの身に災難が降り注いでいたとしたら……

いや、あんな事はもう起きないはず。それは分かっている。

そのために自分たちは皆、こうして離ればなれになって密《ひそ》かに暮らしているのだから。

でも、それでも。と、ののかの胸をあの恐怖《きょうふ》がよぎる。

（お姉ちゃん……）

§　　　　　　　§

豹変《ひょうへん》した志乃《しの》のムードに——

「志乃ちゃん……どういう事……？」

あかりは、ただ戸惑《とまど》うばかりだ。

いや、もう理由は分かっている。志乃が宣言してくれたから。『アリアと別れて』と。

志乃は——

イヤなんだ。きっと。

あかりとアリアが、戦姉妹《アミカ》になった事が。

どうしてなのかは判然としないが、それを解消させるべく攻撃してこようとしている。

そこは、確かだ。

戦いたくはない。志乃は、友達なんだから。

だが、

「戦姉妹契約《けいやく》を強制的に解消させるには、72時間以内に私闘《しとう》でハッキリと敗北させなきゃいけないの。そういう——校則なの！」

そう言い終わると共に、ダッ！　と、志乃が一気に距離《きょり》を詰めてくる。

「――ッ！」

転げるように志乃の前方から身を躱《かわ》したあかり――その上半身があった空間を、志乃のサーベルが音を上げて薙いでいく。

空振った刃《やいば》が薔薇《ばら》の生け垣を紙細工のように斬《き》り、花びらが宙を舞う。

深紅の花びらが風に乗り、２人の間に流れる中。

「――やッ！」

返す刀が、あかりを襲《おそ》う。

方向転換するツバメのようにＶ字を描いた、２撃目の軌跡《きせき》を――

あかりは、本気の動きで回避した。

刃の殺傷圏《けん》からバックステップで退くと、バック転を切って距離を取る。

（……ッ……！）

幼い頃に母親から教わった、人前で見せたくない動きが咄嗟《とっさ》に出てしまった。

だが、ここはとにかく逃げに徹《てっ》しないと。

なぜなら、あかりには覚悟がない。

志乃と戦う――志乃を斃《たお》す、覚悟が。

志乃がなぜ自分とアリアとの契約を解消させたいのか、その真意が分からないからだ。

そんな状況下では、こっちの攻め手が緩《ゆる》む。ただでさえ封じている力を、もっと弱めて戦う事になる。そのあかりの戦闘力はおそらく、志乃《しの》の想定しているものを大幅に下回るだろう。その場合、志乃に殺意が無くとも……殺されてしまうリスクすら生じるのだ。

スタッ、と――しゃがみこむように着地した、あかりの防刃《ぼうじん》制服――

「……！」

そのタイ留めが、パラッ、と外れた。

躱《かわ》したつもりだったのに、志乃の刃《やいば》はあかりの制服を掠《かす》めていたのだ。

武偵高《ぶていこう》のセーラー服には襟《えり》とタイが一体化している旧型と、それらが別々になっている、あかりが着ているような新型がある。

新型制服に使われている布自体は防弾・防刃性だが、それを縫《ぬ》い合わせる糸や、着脱《ちゃくだつ》の際に用いるホックはそうではない。

志乃は今、的確にそのホックを外したのだ。切っ先で。

このセーラー服の襟やタイといった布が二重になっている部分は、特に防御力が高い。

志乃はそこをまず乱れさせ、あかりを斬《き》った際のダメージを増やすつもりなのだろう。

あかりの懸念《けねん》を裏打ちするように、

「ごめんね。防刃制服を着てても、骨は折れちゃうかも……でも、つきっきりで看護してあげるからね？」

そう呟《つぶや》いて、志乃がサーベルを手に向き直ってくる。

その顔は……

笑っている。『つきっきりで』と言う声に、異様な熱情を籠《こ》めながら。

（し、志乃ちゃんが……なんか変だよ……！）

さっきから分からない志乃の心が、ここへ来てさらに理解不能なものとなり——

あかりの手が、恐怖《きょうふ》に弾《はじ》かれるようにしてブラウスからタクティカル・ナイフ《UZI HEAVY DUTY DEFENDER》を抜いた。

攻撃するためではなく身を護るためにそれを手にしたあかりは、庭の中央、噴水《ふんすい》のある辺りまで逃げる。

しかしこの庭の道を当然あかりより詳しく知る志乃は、

「あかりちゃん、さっきの動き、素早かったね。まるでツバメみたいに」

悠々《ゆうゆう》と回り込んできて、サーベルを手にしたまま前方から現れた。

「——でも私は、ツバメでも斬れるよ」

そう言った志乃が、あかりと５ｍの距離《きょり》で……

体を捻《ひね》り、それと連動させて刀をスライドさせた。

——構えた、のだ。

その構えは素人《しろうと》にもハッキリと分かる、居合《いあ》いの構え。

だが……あかりが強襲科《アサルト》の教本で見た居合《いあい》構えとは違う。

志乃は体を右前にし、サーベルは下方左腰《こし》——よりもっと背後に構えている。

それ以前に、志乃《しの》は既に鞘《さや》を捨てている。

居合《いあい》とは元々、抜刀《ばっとう》術。その一撃目は納刀状態から行われるのが常だ。

そして——何より通常の居合と違うのは、距離《きょり》。

誰《だれ》が見ても、志乃とあかりの距離は刀によって攻撃できる範囲《はんい》ではない。

しかし。

この実戦の場で『構えた』という事は、『その距離から攻撃できる』という意味なのだ。

(……危ない!)

あかりの背筋に、警報のような危機感が走る——!

7弾　佐々木志乃③

――佐々木《ささき》家には、『厳流《がんりゅう》』と呼ばれる剣術《けんじゅつ》が伝わっている。

それは志乃の遠い祖先・佐々木小次郎《こじろう》が創始《そうし》した剣術であり、門外不出とされた秘術の大系。現代剣道より先進的な数々の技を、志乃を含む佐々木家の者は隠し持っているのだ。

その技の組み合わせの1つが――

今や伝説となっている秘剣《ひけん》・『燕《つばめ》返し』。

元々は敵の襲撃《しゅうげき》に即応《そくおう》するため、或《ある》いは間合いに入った敵を急襲《きゅうしゅう》するため編み出された居合斬《ぎ》り……その剣速《けんそく》に注目して創られた、文字通り目にも留まらぬ斬撃技である。

これにはまず居合の型を覚え、それを鞘無しで使う事が欠かせない。

つまり、鞘無しの抜刀術。

概念《がいねん》上で矛盾《むじゅん》しているため他流が気づく事のなかったその理合いは、鞘《さや》の摩擦を省いた最速の剣を生み出す。

天才・佐々木小次郎が気づいたその逆転の発想が、燕返しの術理《じゅつり》『其《そ》の壱《いち》』なのだ。

だから厳流では、まず鞘を捨てる。

歴史に名高い宮本《みやもと》武蔵と対決した佐々木小次郎が、そうしたように。

今さっき佐々木志乃《ささきしの》が、そうしたように。

（……未だ窮《きわ》めずの秘技だけど、あかりちゃん相手なら……）

親に習った燕《つばめ》返しに用いる術理《じゅつり》、『其の弐《に》』、『其の参《さん》』――

自らの心臓の鼓動《こどう》を起点とした血の流速を、瞬発力《しゅんぱつりょく》に転移する技。

静と動のモーションのタイミングを意図的に組み立てて、相手の視覚に距離《きょり》的な錯覚《さっかく》を起こさせる技。さらに、『其の肆《し》』、『其の伍《ご》』、『其の陸《ろく》』――

と、1秒ごとに――

志乃の中に、手順とその準備が整っていく。

――そして――

（燕返し――！）

時速200㎞で飛ぶツバメすら斬《き》れると謳《うた》われた、超速度の剣を――

若さゆえに未完成ながらも、志乃が放つ！

全ての術理が連動した胴払《ばら》いの一閃《いっせん》が、三間《さんけん》――5m以上の距離から、あかりに届く。

瞬間移動したように詰めた間合いの先で、あかりは――

「――っ！」

志乃の軍刀を、ナイフで受け止めた。

いや、これは志乃が受け止めさせたのだ。

日本刀に比べればオモチャに等しい、そのナイフを破壊《はかい》するために。

「――っ！」

秘剣《ひけん》の一撃を受け、あかりのナイフはガラス細工のように砕《くだ》け散る。

それだけでなく、あかりの体は衝撃《しょうげき》で吹っ飛ばされ――バシャァッッ！

噴水《ふんすい》の周囲を囲む、丸いプールに転がり込んでいった。

びしょ濡《ぬ》れで大きく息を乱しているあかりに、志乃は刀を払った姿勢のまま近づく。

「……あかりちゃん」

――志乃の頬《ほお》も、濡れていた。

その目からこぼれる、涙《なみだ》によって。

「あかりちゃんが、悪いんだからね……？」

その時、志乃の脳裏《のうり》にはあかりとの大切な思い出が甦《よみがえ》ってきていたのだ……


半年前、あかりと出会ったあの日――

最後のリーフパイを買ったあかりは、志乃を近くの海浜《かいひん》公園まで連れていった。

そしてそこのベンチに、志乃とあかりは２人で並んで座った。

なぜここに連れて来られたのか、なぜ友達のように並んで座らされたのか、そして……

なぜあかりに対して、自分がなされるままになっているのか。

それら全てに混乱していた志乃《しの》に、

「半分あげるよ。あたし、割り込みっぽかったし」

あかりは苦笑いしつつ、半分に割ったリーフパイを片方差し出してくれたのだ。

「え、あっ……」

あかりに渡されたそれを、つい志乃は受け取ってしまっていた。

なんでか、この子にされる事には何ひとつ逆らえないような気がして。

「……で、でも……外で食べるなんて、はしたな……」

最後の理性でゴニョゴニョと抗議《こうぎ》した志乃だが、

「焼きたてを食べれるなんて、超スゴイよ！」

もう食べ始めたあかりには、その辺はお構いなしの事だったらしい。

ぱくぱくと幸せいっぱいの顔で、リーフパイを食べていくあかり。

それが、たまらなく、かわいい。かわいい。かわいい。そのせいで……

志乃はもう、その行為《こうい》が間違いだと断罪する意志を失ってしまうのだった。

だって、こんな天使のように可愛《かわい》らしい子が、こんなに幸せそうに行っている事が——

悪事であるはずはないのだから。

そう。あかりは志乃から見て——ある種の、聖なる存在に思えたのだ。

この世にこんなに愛くるしくて、無邪気《むじゃき》で、純粋無垢《じゅんすいむく》な子がいたなんて。

むしろ、その笑顔を妨《さまた》げる事こそが悪事だろう。

善悪のスイッチをそこで切り替えた志乃は、ドキドキしながらも……

小さく割ったリーフパイのかけらを、口に運んでみた。

「……おいしい」

口をついて、正直な感想がすぐ出てしまう。

それをいけない事だとは、もう感じなかった。

不思議《ふしぎ》だ。

この子の隣《となり》にいると、自分に素直になれる。

「でしょ？」

そう言って向けてくれた、あかりの笑顔には――さっき公園に入る前に自己紹介された『間宮《まみや》あかり』という名前通り、周囲がパッと明るくなったような気さえする。

自分も久しぶりに笑顔になれている事に気づいた志乃は、しばらくして……

「あ、あの……間宮さん」

どうしても気になる事があったので、緊張《きんちょう》しながらも自分から声をかけた。

「『あかり』でいいよ。あたしも志乃ちゃんって呼ぶね」

嬉《うれ》しすぎるそんな言葉に、わぁー、と志乃は顔を赤くさせてしまいつつも……

「あ、あのっ……お代、半額払《はら》わせてくださいっ」

と、律儀にブランド物の財布《さいふ》を取り出した。

しかし――

「あ、わ、私、カードしか持ってない……！」

そういえば、そもそものせいでリーフパイが買えなかったのだ。

1人でテンパる志乃《しの》に……あかりは「カード？」と首を傾《かし》げている。

しかし志乃の気持ちはちゃんと理解してくれたらしく、

「じゃあ、明日でいいよ」

そう言ってくれている。

「でも、明日またお会いできるか……クラスも違うし……」

当時はまだ別クラスだったあかりに志乃がそう言うと、

「ずっと後でもいいよ。だって――」

裏表のない笑顔で、あかりは。

「――いっぺん友達になったんだから、ず・っ・と・友達だよ！」

そう、言ってくれた。

言ってくれたのだ。

（……ず・っ・と……お・友・達……）

志乃の心臓から、きゅん、という――

今まで一度も鳴ったことのない、音がした。ような、気がした。
そしてその音を起点に、全身に温かなものが広がっていく。
言いようもなく心地よい、快感とも感動ともつかない、未体験の何かが。
それは志乃の体のあちこちから、あふれ出してしまいそうなほどに充《み》ちて、充ちて……
(私の初めての、お友達……)
――嬉《うれ》しくて、嬉しすぎて――
志乃の目から、涙《なみだ》となってあふれ出してしまっていた。
ぽろぽろ、ぽろぽろと。止めようもなく。
「……ふぇぇぇ……」
恥も外聞もなく泣き出してしまった志乃にさえ、
「え？　え？　なんで泣くの!?」
あかりは慌《あわ》てて、優しい気遣《きづか》いを見せてくれている。
なんて、なんて、いい子なんだろう。
あかりちゃんは――きっと、本物の天使なんだ。
学校で孤立《こりつ》しているかわいそうな私に、神様が遣《つか》わして下さった天使なんだ……
――その、天使を。

あかりちゃんを。
私から奪おうとするものがいる。
（……私のお友達……失いたくない……！）
いま志乃《しの》の目から流れる涙《なみだ》は、あの時とは異なるものだ。
怒りや憎しみ、そして、悲しみの涙。
この涙は、あかりのせいで流れているのではない。
あかりを自分の隣《となり》から奪い去ろうとする、アリアのせいだ！
そう。諸悪の根源は、神崎《かんざき》・H・アリア。あの女が何もかも悪いのだ。
あの女とあかりちゃんを引き離す。そのために――
（――だから、斬《き》る！）
志乃は、刀の柄《つか》を握《にぎ》り直す。

§　　　§

水を吸収し、制服は重くなった。
今までは逃げ回れていたが、この重さで動きが鈍《にぶ》れば――もう、逃げられない。
特に、さっきの居合《いあ》い斬りからは。

死刑台《しけいだい》に上がるような心地で、銃《じゅう》もナイフも無い丸腰《まるごし》のあかりが……噴水《ふんすい》のプールから、出る。

「――あかりちゃんは、アリアになんか、あげない！」

興奮状態の志乃の叫びを聞いて、あかりはようやく――なんとなくだが、察した。

志乃は、アリア先輩《せんぱい》にヤ・キ・モ・チを妬《や》いているのだ。

どうしてそこまで、こんな事をするほどに嫉妬《しっと》するのか？　どうしてもそこに疑問符《ぎもんふ》は残るが……友達が他の子と楽しそうにしていたら面白くない、という感情はあかりも理解できなくはない。

けれど、だからと言って引き下がれない。

志乃は『三日内解消規則《スリーディズ・キャンセル》』を使って、あかりとアリアを引き離そうとしているのだから。

「――あたしだって、アリア先輩との戦姉妹《アミカ》、解消したくない！」

拳《こぶし》をギュッと握りつつ、あかりは答えた。

事ここに至って、あかりの中にも――ようやく、固まった。

志乃と戦う、覚悟が。

戦う。そう決めたあかりの目が、志乃の右手にある武器を捉《とら》える。

（……あの刀さえ、取ってしまえば……！）

付き合いが短くないから知っているが、志乃は銃を使わない。所有はしているがいつも通学カバンに入れたままにしているし——今、持っているようにも見えない。

そして志乃《しの》は格闘技《かくとう》についても、それが必修ではない探偵科《インケスタ》の生徒。

一方のあかりは、劣等生《れっとうせい》とはいえ強襲科《アサルト》で徒手格闘を習っている。

つまりあの刀を奪い取って自分と同じ丸腰《まるごし》にし、格闘戦に持ち込めば……勝機がある、かもしれない。

素手《すで》で、刀を奪う。

通常は不可能なそれを可能にする技は——

（……『鳶穿《とびうがち》』……！）

あかりは、その技を使う腹をくくる。

鳶穿。

それは元々、鳶が小動物の肉体を掠《かす》めざまに抉《えぐ》り取るように、人体からその一部を指で奪取《だっしゅ》する技。

あかりが習った鳶穿では、狙《ねら》いは……眼球、舌、脳幹《のうかん》、五臓六腑《ごぞうろっぷ》、血管や神経。

肉体の『内側』と定められていた。

つまりそもそもの鳶穿は、武偵《ぶてい》法9条に抵触《ていしょく》する技なのだ。

だが、あかりはこの技を自ら改めている。

ある種のダウングレードを掛けるように、肉体の『外側』にある物を奪取する技へと。

何百回という反復によって体に覚えさせた技の記憶を、改める。それは至難の業だった。

だが、あかりはそれを何千回という反復練習で上書きできている。非殺傷技へと。

だから――

絶対、大丈夫。

そう心に言い聞かせて、あかりは……

握《にぎ》っていた拳《こぶし》から力を抜いて、開手《かいしゅ》にする。

上空から獲物《えもの》に飛びかかる鳶が、急降下の際にその爪から力を抜くように。

――しかし。

その動作を見た志乃の目が、すっ、と細められた。

「――知ってるよ、それ。私はあかりちゃんの事、誰《だれ》よりも知ってるから。それでこの間、ライカから紙を取ったよね？」

この間とは、教室で戦姉妹《アミカ》申請《しんせい》用紙をライカから取り返した時の事だろう。

あの時あかりが咄嗟《とっさ》に使ってしまったのも、この鳶穿。

――その場には、確かに志乃もいた。

志乃は、探偵科に所属している。

探偵科の生徒は、人の特徴《とくちょう》や動作に常に目を光らせているのだ。

そうする習慣を付けるよう、先生から厳しく教え込まれるから。

(……バレてる……！)

マズい、と表情を引《ひ》き攣《つ》らせたあかりに、

「あかりちゃんは、エンブレムもアリアから取ったわけだし――今あの技で取るとしたら、刀《これ》だよね」

志乃《しの》が、追い打ちをかけるように自らの考えを語る。

そして、あかりがターゲットに設定していたサーベルを――ざくっ。地面に突き立てた。

(……？)

自ら武器を手放す行為《こうい》に、あかりが戸惑《とまど》う。

「私、推理したの。それ、手・の・届・く・範・囲・じゃ・な・い・と・使・え・な・い・ん・じゃ・な・い・か・っ・て。つまり、相手の懐《ふところ》に入らないと使えない技」

言いながら……がさっ……がさがさっ……

再び薔薇《ばら》の茂《しげ》みの奥に手を入れ、中に隠していた別の刀を取り出してくる。

「……武士は必ず、大刀《だいとう》と小刀《しょうとう》を携《たずさ》えます。今まで使っていたのは、巌流では小刀」

志乃が小刀と称したサーベルも、刃渡り70㎝はあった。それは武士が持つ大刀として、十分な長さがあったものだ。

しかし、いま志乃が出してきた刀は――

(――長い……ッ！)

刃渡りが優に1m50㎝を超えるような、異様な刀だった。

いや、こういった日本刀が存在しないわけではない。強襲科《アサルト》の副読本に、大太刀《おおたち》、斬馬《ざんば》などとして写真があった。

しかしそれは通常、騎馬《きば》武者が扱う刀。

今の志乃のように、徒《かち》――白兵戦《はくへいせん》で用いる事は希《まれ》なものだ。

「これが私の大刀、通称『物干し竿』」

しかし、志乃は慣れた手つきでその鞘《さや》を抜き……

さっきのサーベル同様、まず、鞘を捨てた。

どうやらその刀は大陸を渡ってきたものらしく、志乃が握《にぎ》る柄《つか》の後端《こうたん》、柄頭《つかがしら》と呼ばれる部分には――中国刀などに見られる、飾り布を提《さ》げるための金属環があった。

しかしその刀身は、日本で打たれたものだと素人目《しろうとめ》にも分かる鋭利《えいり》な輝きを放っている。

美しく湾曲《わんきょく》した、その長い長い輝きが……夜空に浮かぶ月まで届きそうなほどに長大な殺傷圏《けん》を示してくる。

当然、あかりがその懐に入って柄を掴《つか》むことなどできないものだ。

「あかりちゃん」

気づけば、普段は『あかりさん』と呼んでくる志乃が――

いつしか、興奮している時にだけそうする、ちゃん付けであかりの名を呼んでいる。

内側に熱を籠《こ》めた、しかし表層は冷静な顔で。

「――刀身は掴《つか》まない方がいいよ。指、ボトボトって全部落ちちゃうから」

暗に『鳶穿《とびうがち》を使うな』という意味を込めた、空恐ろしい前口上に続けて……すすす……

志乃《しの》はさっきと同じ、居合《いあい》構えに姿勢を移行させていく。

右前に足を広げ、膝を曲げて重心を下げ、刀は横薙《よこな》ぎの回転力を溜めるため、背後へ。

（……ダメだ！　鳶穿は……使えない……！）

あのアリアからエンブレムを取る事さえできた鳶穿だが、秘技とはその正体を知られていないからこそ決まるもの。

その技を見知った上で対策を立ててきた――鳶穿を丸裸《まるはだか》にしたも同然の志乃に使うのは、自殺行為《こうい》となる。

志乃の超長刀『物干し竿』を無力化するためには、別の手を使うしかない。

だが、丸腰《まるごし》でどうすればいいというのか。

切羽詰まった状況下で、

「志乃ちゃん、どうして……!?　友達同士なのに！」

「……友達だから、退《ひ》けないの！」

あかりと志乃が、お互い悲鳴のような声を投げかけ合う。

その、次の瞬間――

――『燕返《つばめがえ》し』――！

距離《きょり》を無視するように伸びる、志乃の超長刀が刃《やいば》を趨《はし》らせてきた。

「――！」

横一文字の斬撃を、あかりはもう躊躇《ためら》わずに燕のような素早い横っ飛びで回避する。

あかりの背後にあった、噴水《ふんすい》――

その流水に、切れ目ができあがる。

「躱《かわ》したつもり!?」

志乃が叫び、庭の木を蹴《け》ってあかりの上に跳び上がった。

さっきは見せなかったが、真の燕返しとは抜刀《ばっとう》と二の太刀の二連撃。

サーベルより大振りになる『物干し竿』は、まだ1撃目の居合い斬《ぎ》りを終えたばかりだ。

――あかりを捉《とら》えるべく、2撃目が――

「甘い！」

楕円《だえん》の軌跡《きせき》を描いて、上から降ってくる。

こっちが志乃の本命、必殺の一撃――！

「――ッ！」

その間隙《かんげき》に、あかりはさっき留め金を外されていた制服のタイを引き抜いていた。

全ての力を両手に集め、パンッ！　と張った防刃《ぼうじん》ネクタイを天に掲《かか》げる。

そして必死の形相《ぎょうそう》で、志乃《しの》の刃《やいば》を——

——受け止める——！

だが、それだけでは不十分だ。刀を引かれれば、次の攻撃が来る。

今、この流れの中で勝負をつけなければ！

あかりは——目を見開いて驚《おどろ》く志乃が着地し、体勢を崩す瞬間を見逃さず、

「——！」

勢いを殺した刀を、防刃《ぼうじん》ネクタイ越しに両手で挟み込む。

不格好《ぶかっこう》ではあるものの、これは鎖《くさり》やワイヤーを使って刃物《はもの》から身を護る際の最終手段。

強襲科《アサルト》で習った、真剣白刃取《しんけんしらはど》りの簡易版である。

刀身が幅広《はばひろ》の場合、あかりが挟み取った刃と志乃が握《にぎ》る柄《つか》には第二種梃子《てこ》の原理が働く。

だから、ここで刃を回すように捻《ひね》りを加えれば——

「!?」

——コキンッ！　と、志乃は手首を捻られたような形になり、刀を放してしまう。

志乃は志乃で、この大刀《だいとう》で燕《つばめ》返しを放つモーションを完全にマスターしてはいなかった様子だ。刀の重さでバランスを失い、つんのめってしまい——

そのまま水しぶきを上げ、背後の噴水《ふんすい》の中へ倒れ込んでいった。

「……ハァ、ハァ、ハァ……」

あかりはへたり込みつつ、荒い息をつく。

冷や汗は止まらず、長い刃を挟み込む両手はブルブルと震《ふる》えている。

だが——無茶《むちゃ》が過ぎたものの、志乃の『物干し竿』を取り上げる事ができた。

半分以上はマグレだったが、志乃が正気を失っていた事や未熟だった事もあって——

志乃の技を、あかりは受け切る事ができたのだ。


噴水の中で、志乃はしばらく呆然《ぼうぜん》としていた。

時計を見れば、時刻は8時過ぎ——三日以内解消規則《スリーデイズ・キャンセル》の期限を回っている。

これで、アリアとの戦姉妹契約《アミカけいやく》を誰《だれ》かに解消される恐れもなくなった……

と、あかりが考えていると。

「……ふぇ……ふぇぇぇぇぇーん！」

噴水の方から、泣き声が聞こえてきた。

それは……ズブ濡《ぬ》れになった志乃が、

「あかりちゃんに嫌われちゃったよー！　また私、ひとりぼっちに戻っちゃったよー！」

わんわんと、幼児退行したみたいに泣きじゃくっているのだった。

その姿を見て……ようやくあかりは、志乃の本心をちょっとだけ窺《うかが》い知ることができたような気がした。

志乃《しの》は、普段はクールだけど、本当は寂しがり屋で……

だから、不安だったのだ。

あかりに戦姉妹《アミカ》ができたことで、２人の友情が途切れてしまうのではないかと。

（そういえば……この前、せっかく志乃ちゃんが放課後にリーフパイを買ってきてくれたのに……あたし、食べるのを断っちゃった……）

志乃の本心に気づいてから振り返ってみれば、自分は志乃に対してちょっと——いや、とても傷つくような事をしてしまっていたのかも。

そう思ったあかりは、

「……志乃ちゃん。あたしこそ、なんか無神経だったみたいで……ゴメンね。でも、志乃ちゃんのこと嫌ったりしないから」

と、噴水《ふんすい》の縁《ふち》にしゃがみこみ、志乃に顔を近づけて謝った。

「……ほ、ほんとに？　嫌いにならない？」

涙《なみだ》を目に溜めながら、志乃が捨てられそうな子犬みたいに尋《たず》ねてくる。

なので、自分より背の高い志乃にあかりはお姉ちゃんのように微笑《ほほえ》んで、

「うん」

優しく言ってあげた。

すると志乃は、ぐいっ、と顔を５cmぐらいの距離《きょり》まで近づけてきて。

「じゃあ、好きですか？　私のこと、好きですか？」

　４㎝、３㎝と距離を詰めつつ、否とは言えないような期待感を込めた表情で問《と》い質《ただ》してくる。

　それにちょっと圧倒されつつ、

「う、うん」

　苦笑いで、あかりは頷《うなず》く。

　すると、ぱあぁぁあ……！

「あかりちゃん！」

　薔薇《ばら》みたいに満開の笑顔になった志乃が、飛びついてくる。

「──私も大好き！　好きなのよぉー！」

　志乃はあかりに飛びついて距離をゼロにすると、ぎゅうーっ！　と、あかりを抱きしめてきた。ちょっと痛いぐらいに。

「し、志乃ちゃん……？」

「好き、好き、好きなのよー！」

　目を白黒させるあかりに、志乃はそう繰り返してくる。

　失われかけた友情を、改めて固く結ぶように。

　何はともあれ──

あかりと志乃《しの》の初めての大ゲンカは、こうして幕を下ろしたのであった。

——翌日。

日直だったあかりは、早めに登校していた。

「ふわぁ……」

後ろでは、同じく日直のライカがホウキを手にアクビをしながら掃除《そうじ》を続けている。

今は日直2人しかいない教室で、

(とりあえず、三日内解消規則《スリーデイズ・キャンセル》はクリアしたけど……志乃ちゃん、大丈夫かなぁ……)

あかりは黒板を拭《ふ》きながら、悩ましげな顔をしていた。

昨日はあの後、とにかく泣きじゃくっていた志乃を落ち着かせて……

メイドさんたちには『庭で遊んでたら、噴水《ふんすい》のプールに落っこちちゃって』という言い訳をして事なきを得ている。

しかしその後、志乃はカゼをひいちゃったりしてないだろうか。などと心配していると、

「おはようございます」

教室のスライド扉《とびら》を開けた、志乃の声が——聞こえた。

昨日のケンカの件もあったあかりは、ちょっと慌《あわ》てて振り向く。

「し、志乃ちゃん。昨日は……」

恐る恐る、志乃《しの》の表情を見ると——志乃は、キラキラとした笑顔。そして急に、

「あかりさん。私、調べたんですけど……『アミカ・グループ』をご存知《ぞんじ》ですか？」

そんな話を振ってきたので、あかりは首を傾《かし》げてしまう。

何やらまた、執念《しゅうねん》深く戦姉妹《アミカ》に関する情報を見つけてきたようなのだが……

「アミカ・グループっていうのは、戦妹《いもうと》同士がグループを作る制度なんです。それぞれの戦姉《あね》から指示を受けて、協力して訓練するんです！」

やる気満々の表情で、志乃がそんな説明をしてくれる。

「——だから私も、ある先輩《せんぱい》に戦姉妹申請《しんせい》をしたんです。あかりさん、２人でグループになりましょうね！」

志乃は……

あかりとアリアの戦姉妹を解消させるのではなく、今度はあかりと制度上のグループを作るという新たな目標に燃えているらしい。

「う、うん」

ぐいぐいと顔を近づけてくるアグレッシブな志乃に、あかりはタジタジになる。

それでも……

志乃が元気になってくれたのは、嬉《うれ》しくて。

あかりは、笑顔を取り戻せた。するとそれに弾《はじ》かれるようにして、

「だって私たち、相思相愛ですもんね！」

志乃が、キャー！　という表情で抱きついてきた。ここにはライカもいるというのに。

「ちょっ、し、志乃ちゃん！」

志乃に熱烈《ねつれつ》な頬《ほお》ずりをされて、慌《あわ》てるあかり……

そんな2人のスキンシップを見ていたライカは、

「お、お前ら……間違いだけは起こすなよ？」

ちょっと何やら引くような顔で、ホウキを杖《つえ》のようにしてもたれかかるのだった。

§　　§

黒い体育館。

それは都《と》の教育関係者の間で悪名高い武偵高《ぶていこう》、その中で最も問題視されている強襲科《アサルト》の専用施設である。銃声《じゅうせい》や剣戟《けんげき》の音が止むことのない、若者の命を危険に晒《さら》す——実際に、少なくない死亡事故を起こしている戦闘訓練場へと……

（……戻ってきちまったな）

少しネクラそうな、黒髪の男子高校生が入っていく。

その足取りは重たく、溜息《ためいき》も出た。

手つきすら憂鬱《ゆううつ》に、彼は外壁を黒く塗られた体育館……強襲科棟《アサルトとう》の入口ドアを開く。

そして、暗い視線を放課後の館内に巡らせる。

その視線に気づいたのか――

1階ホールで自主訓練をしていた強襲科の生徒たちが手を止め、入口に目を向けた。

「あれ？」

「あれは……」

「あいつだ！」

その好奇《こうき》の視線を鬱陶しそうに受け流しつつ、黒髪の少年――

遠山《とおやま》キンジは、また溜息《ためいき》をつくのだった。

8弾　遠山キンジ①

——強襲科でのトレーニングは、最低限のノルマをこなした後は何をやっても自由だ。
自分が何の訓練をすれば将来生き延びられるか、自ら考え、自ら実践《じっせん》する習慣をつけるためである。
そのため、多くの生徒たちが放課後も自主的に射撃や近接戦《CQC》の技を磨く。
その日も、黒い体育館のような強襲科棟では徒手格闘《かくとう》やナイフ戦の自主トレーニングが行われていた。半ば命懸《いのちが》けの対戦形式で、服装も実戦を想定して防弾制服のままで。

強襲科棟の2階には、トレーニングジムがある。

そこで……小柄《こがら》なので立ちこぎになってしまいつつも、あかりはエクササイズバイクで基礎《きそ》体力をつける訓練をしていた。

バイクの正面にはガラス窓があって、そこからはパッと見は普通の体育館と変わらない1階の様子が見渡せる。

（アリア先輩《せんぱい》、来ないかなぁ）

その正面の内窓ばかりを見る、あかりの短いスカートは……

立ちこぎという姿勢の都合上、少々無防備になっている。

だが、武偵高《ぶていこう》では基本的に防弾制服での活動が求められるため、あかりはエクササイズバイクも普通にセーラー服で立ちこぎするしかないのだった。

そんなあかりの後ろに陣取り、プッシュアップ・トレーナーで腕立て伏せをしているのは——そういう女子の隙《すき》には目ざとい、ライカだ。

トレーニングもしつつ、あかりをイジるタイミングを見計らいつつのライカが……

「志乃《しの》、行っちゃったなー」

と、あかりに声をかける。

「うん」

背後——ライカ側にスカートをヒラヒラさせながらのあかりは、先日、志乃を見送った時の事を思い出す。

その日、一般教科の授業が終わった後……とある先輩《せんぱい》との戦姉妹契約《アミカけいやく》を目指す志乃は、しばらく武偵高を離れてその先輩のいる合宿先へ行く事になっていた。

一般学区の車道には、ベントレー・ミュルザンヌ——佐々木《ささき》家専属の女性運転手つきの、ウン千万円する高級車が志乃を出迎えに来て……滅多《めった》にお目にかかれないミュルザンヌに、ライカは「すっげー！」と少年のように目を輝かせていた。

「あかりちゃん。しばらく会えないなんて……なんて悲しい運命……！」

運転手にトランクを渡した志乃は、ぎゅうぎゅう……！

何やらこのチャンスを逃すまいという感じであかりに思いっきり抱きついた後、

「——元気でいてくださいねー！　待っててくださいねー！」

ベントレーの窓から身を乗り出して、名残惜《なごり》しそうに手を振り続けていた……

……その様子を思い出しながら、

「でも、戦姉妹試験勝負《アミカチャンスマッチ》の形式も色々あるんだね」

あかりは前を向いたまま、エクササイズバイクから背後のライカに語る。

「ああ。恐山《おそれざん》で山籠《ご》もりさせるなんて、ヘンな戦姉《アミカ》だぜ——よしっ、100！」

腕立てのノルマを果たしたライカが、その場でごろんと仰向《あおむ》けになる。そして、

「まあ、志乃がいない間、あかりはアタシが独占《どくせん》できるけどな……ウヘヘヘェー」

などとイヤラシイ笑い方をしたので、あかりが振り返ると……

床に仰向けになったライカが、好アングルを見つけた写真家のように両手の人差し指と親指で長方形を作っていた。

ライカの指カメラは……

エクササイズバイクを立ちこぎするあかりのスカート内に、ナナメ下からの超アオリでアングルを定めている！

「うわー白木綿《もめん》。ガキっぽ。パンツというより『ぱんちゅ』だぜ」

「……!?」

そこでようやくライカの視線に気づいたあかりは、自分のスカートを押さえる。

「ぱんちゅー、丸見えー♪　キィーン」

などとあかりを囃《はや》しつつ、両手を翼《つばさ》のように広げて逃げ出すライカを——

「こっ、こらー！　バカライカ！　ローアングラー！　お金払《はら》え！」

頭から怒りの煙を噴出《ふんしゅつ》させ、あかりが追いかける。

ライカの各種セクハラ→あかり激怒《げきど》→追いかけっこ……という、この2人の間ではよく行われるその恒例《こうれい》イベントは——今回、普段より長くは続かなかった。

1階の様子を見下ろす男子生徒たちの会話を聞いて、ライカが急に足を止めたからだ。

むぎゅ！　と、あかりはライカの背に追突してしまう。

「——おい、聞いたか。キンジが強襲科《アサルト》に帰ってくるって!?」

「マジかよ！　キンジって遠山《とおやま》キンジだよな？」

「強襲科の主席候補って言われてた奴か！」

2年の先輩《せんぱい》たちがそう語るのを盗み聞きしたライカは——

勝ち気なその顔に、緊張感《きんちょうかん》をよぎらせている。

「……ライカ？」

シリアスな表情のライカが気になったあかりは、怒りを一時中断させて呼びかけた。

「遠山キンジ……あの人が帰ってくるのか」

「キンジ……？　誰《だれ》それ？」

「2年の先輩。任務《クエスト》でいつもいなかったし、去年、探偵科《インケスタ》に転科しちゃったけど……前は強襲科で、Sランク武偵《ぶてい》だった」

「い、1年の時にSランク!?　そんな人、いるんだ……！」

武偵ランクの頂点――Sランク武偵は厳しい人数制限があり、各分野で突出《とっしゅつ》した能力を持つ者だけが選ばれる。大人の武偵も含めて、世界で数百人しかいない存在だ。

あかりの戦姉《アミカ》・アリアもその1人なわけだが、高校生がSに格付けされる事は希《まれ》である。

1年次でとなれば、なおさらだ。

「遠山キンジは入試で教官を倒したらしい。伝説の男だよ。プロ武偵に勝てる中坊《ちゅうぼう》なんてバケモノだろ」

武偵高《ぶていこう》の教官は、前職が強靭《きょうじん》な軍人・傭兵《ようへい》・警官……他にも、噂《うわさ》ではマフィアなど……日本をはじめ世界から来ている、選《よ》りすぐりの屈強《くっきょう》なプロたちだ。その強さは、生徒なら日々身を以《もっ》て思い知らされている。

そんな彼らを、受験した当時は中3だった遠山キンジが――倒した、というのだ。

「……バケモノ……」

ライカの話から……あかりは自分なりに、遠山キンジなる人物の姿を想像してみる。

武偵高《ぶていこう》の教官をやっつけるからには、プロレスラーみたいな大男。

武器もただの銃《じゅう》じゃないだろう。アクション映画の豪傑《ごうけつ》みたいに、バズーカ砲とか。

（そんな人が同じ学校にいるなんて……あたしなんか入試、補欠合格だったのに……）

想像しただけで恐ろしくて震《ふる》えてしまうあかりの横で、

「話した事はないけど、顔は知ってる。あっ、あれだ」

おもむろにライカが1階ホールを指さした。

「……」

こわごわと、あかりは2階の内窓からそっちを覗いてみる。

そこでは……2年の先輩《せんぱい》たちが「キンジだ！」「ホントに帰ってきた！」と騒いでいる。

その人だかりの中心では——

少し目つきの悪い、暗そうな1人の男子が……黒髪をくしゃくしゃにされたり、制服やネクタイを引っ張られたりと、揉みくちゃにされていた。

（……？）

彼が、噂《うわさ》の遠山《とおやま》キンジ……なのだろうか？

今のあかりの想像とは程遠い、どこにでもいる普通の男子高校生といった感じなのだが。

最近どこかで見たような気もするが、だったとしても5分後には忘れてしまってそうな風体《ふうてい》をしている。印象が薄く、存在感がない。

だが、強襲科《アサルト》の生徒たちはキンジが強襲科に来た事を喜んでいるムードだ。というか、ちょっかいをかけて、おちょくっている。

「……なんか……想像したのと違う……」

「そう見えるんだよな。上勝《うえが》ちすると大手柄《おおてがら》だから、狙《ねら》ってる1年もいるけど……なんか、勝てなさそうな気がするんだよなあ」

ライカの言う『上勝ち』とは、下級生が上級生に私闘《しとう》で勝つ事を意味する武偵高の隠語《いんご》だ。

実戦的な訓練を1年受けた者と2年受けた者の差は大きく、通常は起きえない。なので、武偵高では上勝ちが周囲や教師に高く評価される。

口ぶりから察するに、ライカもキンジを倒す事を少し狙っているのかもしれない。

「でも、あの人の戦妹《アミカ》は諜報科《レザド》の風魔《ふうま》だし。あれも闘《や》りにくそうなんだよなぁー。まあ、あたしは勝てないケンカはしない主義」

と、後頭部を掻《か》きながら……立てづらい手柄を前にしてどこか歯がゆそうに、ライカがトレーニングジムを出ていった。

残されたあかりは、もうしばらく体育館1階にいるキンジの観察を続けてみたが……アリア先輩と同じSランク——とされた強さについては、最後までピンと来なかった。

しばらくの後……
スポーツドリンク片手に、あかりは放課後の校内を１人で歩いていた。
そして家に帰ろうと、ちょうど校門を出た時。
（──あっ、アリア先輩《せんぱい》！）
門の近くにいた神崎《かんざき》・Ｈ・アリアの姿を見つけて、あかりは嬉《うれ》しそうな顔になる。
ところが、その直後──
その笑顔が、ぴきっ！　と固まった。
「……あんた、人気者なんだね。ちょっとビックリしたよ」
と、アリアが。
歩いていたさっきの遠山《とおやま》キンジに近づき、声をかけたのだ。
その光景に目を真ん丸にするあかりの視線の先で、
「こんな奴らに好かれたくない」
強襲科《アサルト》の方を横目に見つつ、少し不機嫌《ふきげん》そうにキンジは答えている。
アリアにも笑顔はなく、２人にはまだ心理的な距離《きょり》があるカンジだ。
でも、決して悪い雰囲気《ふんいき》ではない。
だってほら、ほぼ隣《とな》り合って歩き始めた。
キンジの隣を、アリアが追いかけるような雰囲気で。

「あんたって人付き合い悪いし、ちょっとネクラ？　って感じもするんだけどさ。ここのみんなは、あんたには……なんていうのかな、一目置いてる感じがするんだよね。強襲科の中を歩いているキンジ、みんなに囲まれててカッコよかったよ」

キンジの方をじっと見ながら、アリアはそんな――

褒《ほ》め言葉に類するような事まで、言っている。

（なに!?　なに!?　なに!?　なに!?　なに!?）

あかりはパニックになりかける。

（遠山キンジ……何者!?）

絶対、絶対に、突き止めねば。あのウサンくさい男が、何者なのか！

数分後――

「ついてくんな！　今、お前の顔なんか見たくもない！」

「あたしもあんたのバカ面《づら》なんか見たくない！」

「じゃあなおさらついてくんな！」

「やだ！」

などと、なぜかキンジとアリアは路上で追いかけっこをしながら帰宅していた。

仲は悪そうに見えるが、ケンカ友達という関係かもしれない。

それは、あかり的に大変よろしくない。

というのも、ケンカ仲というのは後々スルッと恋人関係になったりしてしまいかねない関係。と、少女マンガなんかではよく描かれてるからだ。

憧《あこが》れのアリア先輩《せんぱい》が、あんな冴えない男子なんかと万一そうなってしまったら……！

……かまってもらえなくなる！

見れば、キンジを追ってアリアは——なんと、ゲームセンターに向かっていた。挙げ句、UFOキャッチャーでぬいぐるみを2つ取って分配したりしてる。

キンジの事はともかく、ぬいぐるみは気に入ったのか……

笑顔になっている。アリア先輩が。

（た、楽しそうにしてる……！）

そんな2人の様子を、道端《みちばた》のポストの陰《かげ》から盗み見ていたあかりは——

（遠山《とおやま》キンジ……！　あの人、もしや……アリア先輩につく悪い虫ってやつ⁉）

アリアの中での自分の存亡の危機に、焦《あせ》りまくるのであった。


アリア先輩は女神《めがみ》にも等しい完璧《かんぺき》な人物なので、問題があるハズはない。

つまり、悪いのは全て遠山キンジなのだ。あの男がアリア先輩を唆《そそのか》したに違いない。

と、あかりはキンジにターゲットを絞《しぼ》り、アリアと別れたその姿を追跡開始した。

遠山キンジは……

ため息交じりに、武偵高《ぶていこう》のある人工浮島《じんこうふとう》——学園島の路地を歩いていた。

ありがたい事に今日はかなり風が強い。足音が紛《まぎ》れるので、尾行には適している。

（……どんな人なのか、調べてやる……！）

怒り顔のあかりが、十字路をキンジの消えた方向へ曲がろうとした時——不意に、

「——間宮《まみや》殿。そこまでにされよ」

頭上から、妙に時代がかった喋《しゃべ》り方で呼び止められた。

今まで、その方向に気配を感じる事はなかったのに。

「……!?」

見上げると——高さ４ｍ程のそこには、街灯の支柱に足先を掛け、逆さ吊りで腕組みをした武偵高の女子がいた。

ポニーテールの黒髪。手には時代がかった手甲《しゅこう》。

口元を隠すマスクのような布と長いマフラーをして、鋭い眼をこちらに向けている。

「——お初にお目に掛かる。某《それがし》は遠山師匠の戦妹《アミカ》、１年Ｃ組・風魔陽菜《ふうまひな》」

その名を聞いたあかりの体が、こわばる。

そして、無意識のうちに身構えながら一歩下がった。

（風魔——!?）

9弾　遠山キンジ②

——家の事情もあって、聞かされた事がある。

「風魔《ふうま》一党は……相模《さがみ》の忍《しのび》だよね。何の用？」

遠い昔の事だが、風魔はあかりの実家・間宮《まみや》家と敵対関係にあった忍者の姓だ。

今は凋落《ちょうらく》して僅《わず》かな末裔《まつえい》がいる程度と聞かされているが、かつては今でいう神奈川県の山林部を根城としていた強大な一族だったらしい。

あかりのご先祖様たちも、風魔忍者には随分《ずいぶん》と手を焼かされたとか。

その話もあり、警戒《けいかい》するあかりに——

「……」

——風魔は、何も答えない。

「……」

「……」

と、しばらく風魔と睨み合っていると……

あかりは、妙なポイントが気になってきてしまう。

（……あのスカート、なんで落ちてこないんだろ……）

逆さ吊りの姿で現れた風魔陽菜《ふうまひな》のポニーテールやマフラーは下へ垂れ下がってるのに、スカートだけは重力に逆らって形を保っている。

スパッツもはいてるし、なんというか、女子的な意味で防御力が高い子だ。

あかりがそんな事を考えている中、風魔は――

「遠山《とおやま》師匠は女子がお嫌いでござる。それ以上追わぬよう」

そう言って沈黙を破ると共に、

「今より、某《それがし》が師匠を護衛いたす。御免《ごめん》！」

胸元から取り出した、和紙で巻かれた小さなボールのようなものを地面に投擲《とうてき》した。

――ぼふん！　と、そこから白煙が巻き上がり……

「……ッ！」

白煙で一瞬何も見えなくなったが、それは今日の強い風にすぐ払《はら》われていく。

見上げると、風魔はいなくなっていた――が……

路地の向こうに、撤退《てったい》中の風魔の後ろ姿はすぐ見つけられた。

（せ、背中丸見せ……）

そもそもこの風の強い日に、あんな煙弾を使ったのが失策《ミス》だ。

さっきライカは警戒《けいかい》していたが、きっと風魔は忍者としては三流なのだ。

それを裏付けるように、風魔はT字路の影《かげ》にいた犬に吠《ほ》えられてビビったりもしている。

（……あんな子、こわくない！）

風魔は遠山キンジを護衛すると宣言していた。

いま足止めされたせいでキンジの姿はすっかり見失ってしまっているが、風魔を追えば
キンジの所にも行けるだろう。

そう考えたあかりは、キッ、と追う者の目になって尾行を再開する。

――T字路に入って、今度は風魔を追跡するあかりであったが……

（誰《だれ》もいない……！）

キンジだけでなく、風魔の姿も見失ってしまった。

その時になって、ハッと気づく。

風魔はミスをしたのではない。

――わざとだ。

（あの子……あたしに追いかけさせて時間稼《かせ》ぎをしていたんだ。遠山キンジの所に行くと
見せかけて――あたしを引きつけるために、違う方へ逃げたんだ……！）

という事は、遠山キンジは別の方向に……！

それに気づいたあかりは、急いで引き返す。

（絶対見つけてやる、遠山キンジ……きっと、この辺だ！）

執念《しゅうねん》の力で、東西南北をシラミ潰しに駆《か》け回っていると――

あかりは、公園に辿り着いた。

この中も探そうと、そこへ踏み込むと……それは正解だったようで、

「撒《ま》けてねーじゃねーか、風魔《ふうま》のヤツ……で、誰《だれ》だお前？」

――公園の木の陰《かげ》から、ターゲットの遠山《とおやま》キンジがあかりの背後に出現した。

声をかけられたあかりは振り返り、

「と、遠山キンジ！　……先輩《せんぱい》っ……」

――先輩のキンジと対峙する。

アリアの事があってムカついてたから呼び捨てにしかけてしまったが、一応『先輩』を付けてその名を呼んだあかりを……キンジは黙《だま》って、頭の上からつま先まで観察している。

そして、

「……大丈夫なタイプだな」

などと、何やら少し安心したような顔になった。

何がどう大丈夫だというのか。

そこは分からないが、なんだか何を言われてもカチンとくる男だ。

「なんで俺《おれ》なんかを尾《つ》ける？」

と、実に面倒《めんどう》くさそうな顔でキンジが質問してくる。

問われて――あかりの脳裏《のうり》に、さっきの楽しそうなアリアの顔がフラッシュバックする。

それで一気に激高してしまったあかりは、

「だって……だって、ズルイです！」

感情のままに、キンジへと叫んだ。

「あたしは戦って、ようやくお近づきになれたのに！　アリア先輩が自分から追っかけるなんて！　２人は、どういう関係なんですか！」

説明不足な感じで、それでもあかりが怒りを込めたセリフをぶちまけると……

「話が見えんが……アリアのファンか？」

キンジにも、なんとなくその辺の空気は伝わったらしい。

しかしこの男は謝るでもなく宥《なだ》めてくるでもなく、口をへの字に曲げて、

「──俺はな、アリアに追われて迷惑《めいわく》してるんだ」

そんな、許しがたい発言をした。

（アリア先輩のことが、め、めっ……迷惑⁉　この──無礼者──！）

あかりは、今にも頭から火山が大噴火《だいふんか》しそうな気分になる。

一方のキンジは火に油を注ぐ感じで、

「どうだ。聞いて満足したか？　そしたら、もう俺を尾《つ》けるな。今の俺はEランクだが、探偵科《インケスタ》だ。１年の尾行くらいさすがに分かる。次はシメるぞ」

吐き捨てるように、そんな事を言ってくる。

（え？　元Sランクなのに……今、Eランク!?）

ライカの話じゃ、キンジは強襲科《アサルト》ではSランクに格付けされた猛者《もさ》だったハズなのに。

武偵《ぶてい》のランクが落ちる事はよくあることだが、1年間で最高ランクから最低ランクまで落ちたとなるとただ事ではない。それは武偵としての活動を丸っきりサボったり、ランク考査を受けなかったりと、完全にモチベーションを失った者にしか起きえない事だ。

（おかしい……！　そんな人をアリア先輩《せんぱい》が追いかけるなんて、もっとおかしい！）

納得《なっとく》のいかないあかりは、「じゃあな」と背を向けて立ち去ろうとするキンジを足止めするように、

「何か隠してますね？　遠山《とおやま》先輩は……！」

そう指摘《してき》した。

あかり的にはとにかく気づいた事を言っただけなのだが、それは……この得体の知れない男の逆鱗《げきりん》に触れる、とまでは行かずとも逆鱗を掠《かす》めるようなセリフだったらしい。

それを聞いた遠山キンジは、立ち止まると――

「――度胸があるのと無鉄砲《むてっぽう》なのは違うぞ。1年」

強風に木がざわめく中、振り返ってきた。

その眼には、ようやく……かつて彼が格付けされていたというSランクらしい、鋭さが表れている。『お前は俺《おれ》の何を知っている？』と、問いかけてくるような……

その回答次第《しだい》では、本当に殺してきかねない――

（……殺気……!?）

その時あかりが察知したのは、キンジの殺気だけではなかった。

見上げると――ざわめく木の枝に、さっきの風魔陽菜《ふうまひな》が短い刃物《はもの》を手にして屈《かが》んでいる。

その短剣のような刃物は、クナイと呼ばれるもの。

手裏剣のように投擲《とうてき》される事もある、忍者の武器だ。

（風魔……！）

あかりは急いで風魔から距離《きょり》を取りつつ、自らもマイクロＵＺＩを抜く。

「……」

その動作の起こりを見逃さず、キンジも腰《こし》の拳銃《じゅう》を抜いた。

――ベレッタ92Ｆ。

米軍でも制式採用されているその傑作《けっさく》銃が、キンジの右手と一体化して見える。

腕前のほどは分からないが、鈍色《にびいろ》に光るそれを彼が使い慣れている事は確かだ。

カンベンしてくれよ……という表情をしたキンジ。

そのキンジの戦妹《アミカ》として、クナイを構えたままあかりから視線を外さない風魔。

２対１となってしまったあかりは――強襲科で習った通り、２人に交互に１～２秒ずつ銃口《じゅうこう》を向けつつ下がる。

銃撃戦《じゅうげき》が仕事の一部となる武偵《ぶてい》を育成する武偵高《ぶていこう》の校則では……射撃場以外での発砲《はっぽう》は『必要以上にしないこと』となっている。つまり、してもいい。

生徒同士の銃撃戦も、武偵高ではよく起きる事なのだ。もちろんいい顔はしないものの、教務科《マスターズ》もそれを止めたりはしない。

ここで、キンジ・風魔陽菜《ふうまひな》と——戦いになったら。

あかりには、無傷で帰れる自信はない。

だが、キンジもあかりを撃ちたくはなかったのか……

「お前。出身、どこ中だ」

話しかけてきた。

「……い、一般出身です。中3の2学期に、武偵高付属中に転入してきました」

それでこの不利な条件下での銃撃戦を先送りできるならと、あかりは対話に応じる。

すると、

「一般中《パンチユー》か……風魔、いい。コイツは大丈夫だ」

自分の秘密を知るものは、一般中学には居ない……

という事か、キンジは銃口《じゅうこう》を下ろしてくれた。

戦兄《アミコ》のキンジの言葉を受けて、風魔も跪《ひざまず》くような姿勢のままクナイを収めている。

だが……

あかりの感情は、まだ治まっていなかった。
何だか分からない理由で戦う事すら拒絶《きょぜつ》され、蚊帳《かや》の外に置かれた心地がして——
アリアの事だけじゃなく、イラつきが止まらなくなる。
場から殺気が抜けた事で、あかりは逆に勢いづき……
左右の腕を真下に突き出しながら、
「一般中《パンチュー》が何だっていうんですか！」
と、溜まっていた感情を爆発《ばくはつ》させてしまう。
勢いに任せてあかりが叫んだ、その直後。
——ぴゅう——！
と、その場を折からの強風が吹き抜ける。
そのせいで。
ふぁさぁー！　と、あかりのスカートが思いっきりめくれ上がってしまった。前面が、
ほぼフルオープンされるような感じで。
だ、男子に。
しかも憎《に》っくき、遠山《とおやま》キンジに——
「ぱ、ぱんちゅーが！」
本当は「パンツ」と言いたかったのに噛《か》んでしまいつつ、あかりは銃を落としてまでも

スカートを押さえる。
すると……なぜか。
あかりが真っ赤になって慌《あわ》てているように、キンジも真っ赤になって慌てていた。
「──なっ、なんなんだお前は！」
キンジは強い閃光を受けたかのように、右手の甲で目元をガードしている。
普通なら逆なのだろうが、どうやらキンジは──
何らかの理由で、女子の下着を見たくなかったらしい。
それも、非常に。
心を落ち着かせるためか何やら自分を励《はげ》ますような事をブツブツ呟《つぶや》きつつ、あかりから
ヨロヨロ逃げ出すキンジを……
「し、師匠！　お気を確かに！」
コアラみたいに木を滑り降りた風魔《ふうま》も、慌てた様子で追いかけている。
「……？」
公園に取り残されたあかりは、スカートを押さえた格好のまま……
そんな、隅々《すみずみ》まで正体不明なキンジの後ろ姿を見送る事しかできないのであった。
陽《ひ》が暮れた頃──

（何？　なんなの？　女性恐怖症《きょうふしょう》か何か知らないけど！　変人だ！　ていうか失礼だ！）

第1女子寮《りょう》に戻ったあかりの中では、キンジに対する怒りや不満がまだ燃え続けていた。

なぜこっちのスカートがめくれたら、見たくない物を見てしまった的なリアクションで逃げていったのか。そこも女の子として傷ついたあかりだが、それより問題は――

（アリア先輩《せんぱい》ともあろう人が、あんな変人を追っかけるなんて……おかしい！）

悪いのはキンジなのだが、あんなのにホイホイついていってるアリアにも諫言《かんげん》するべきだろう。文句を言うべきメインターゲットのキンジは、もう逃げてしまったワケだし。

と、興奮状態のままのあかりは707号室に入り……一言もの申す！　という態度で、

「アリア先輩！」

――ばばん！　リビングの扉《とびら》を、乱暴に開ける。

すると、そこにいたアリアは……キラキラ……

相変わらずの神々《こうごう》しい美少女っぷりでソファーに掛けたまま、ももまんを手にしていた。

ももまんとは、桃の形をしたおまんじゅう。

コンビニで売ってるあんまんと同じくらいの大きさの、具もあんまんと同じものだ。

なぜかそれが気に入ってるらしいアリアは、ふにゅぅー、と悦《えつ》に入《い》った顔で食べている。

そんなアリアの幸せそうな顔に出迎えられた、あかりの心からは――

（……か、カワイイ……！）

──すーっ……と、怒りが消えてしまって、逆に笑顔になってしまう。

そんなあかりに、テーブルにピラミッド型に積み上がった大量のももまんに手を伸ばすアリアは、

「あかり、おかえり。あんたも食べる？」

1つ分けてくれるような仕草で、笑顔を向けてきてる。

その愛嬌《あいきょう》のある顔立ちに、あかりは腰砕《こしくだ》けになってしまう。

「アリア先輩《せんぱい》……その笑顔、反則です。何もかもを許してしまう……」

「？」

ももまんを頬張《ほおば》り、指をペロッと舐《な》めるアリアに……あかりもももまんを1ついただきつつ、事情を話す事にするのだった。今はもう、落ち着いたムードで。


「それで不機嫌《ふきげん》に入ってきたのね」

ももまんを頬張りながら、アリアがしょぼくれ中のあかりに言う。

信じられないような数のももまんを平らげたアリアは、ハンカチで自分の口元を拭《ふ》くと真面目《まじめ》な顔になって──

「──あたしはあたしの捜査《そうさ》のために、あいつが使えるかどうか確認しようとしてるの。あんたが心配してるようなセンじゃないわ」

「アリア先輩……」

つまりは、少女マンガ的な展開は心配しなくていいという事らしい。

「それにあかり、おせっかいはダメよ？　武偵《ぶてい》と武偵は、必要以上に深い関係になっちゃダメなの。たとえば、仲間と依頼人《いらい》、どちらかしか助けられない時は――依頼人を助けなきゃいけない。そういう時あんた、ちゃんとあたしを見捨てられる？」

アリアはあかりがアリア個人の事に深入りしようとしたのを叱《しか》るように、そんな厳しいケース・スタディーを突きつけてくる。

「……アリア先輩を……見捨てる……」

問われた通りに、傷ついたアリアを見捨てて依頼人を救助しに行かねばならないような最悪の状況を想像したあかりは――想像だけでテンパって、涙目《なみだめ》になってしまう。

割と想像力豊かなあかりの様子に、アリアは苦笑いして……

「あんた、そういうのニガテそうね。それなら――どっちも助けられるように、しっかり強くなりなさい」

つん、とあかりの鼻に指で小さく触れてきた。

そんな、愛らしい仕草をされたら。

そんな、優しい声で教えられたら。

今度は――感動で、胸がいっぱいになってしまう。

（……厳しそうなこと言いながらも……ホントは優しい……）

やっぱりアリアは、あかりの憧《あこが》れの人。カリスマ的存在なのだ。

彼女の声で何か言われたら、それだけであらゆる悪感情が消えてしまう。

その素晴らしさに改めて感極《かんきわ》まってしまったあかりは――

「アリア先輩《せんぱい》ー！」

ガバッ、と、アリアに横から抱きついた。

「!?」

それがいきなりだったので、アリアはドサッとソファーに押し倒され――

その拍子《ひょうし》に手を突いたテーブルを大きく揺らし、まだ残っていたももまんを四方に飛び散らせてしまった。

ぽふぽふ！　と、アリアやあかりの上にも、柔らかなももまんが乗っかってくる。

「あ、あ、ももまんが！」

あかりは慌《あわ》てて、ももまんを手を伸ばした。

そして、アリアの好物であるももまんを拾い集める。

「ももまんが！　ももまんが！」

わしっ、わしっ、わしっ、とももまんを取ってはテーブルに戻していくと――

わぴっ。

あかりの手が……なんか、ちっこいももまんを掴《つか》んだ。

「あ、あれ、これは異常に小さい……!?」

夢中になって集めてたので気づかなかったが、あかりが鷲《わし》づかみにしていたそれは——

——アリア先輩の、む、胸だ。

ち、ち、小さっ！　あかりよりは大きいが、大差無いレベルだ。

「——どこ触《さわ》ってんの！　それはももまんじゃないわよ！」

バスッ——！

怒ったアリアがいきなり発砲《はっぽう》し、ガシャン！　と窓が割れる。あかり的には、ラッキーだったのかアンラッキーだったのか分からない身体接触《せっしょく》となってしまった。今の。

しかし、さっきは優しいと思ったアリア先輩だが、

「やっぱりホントは優しくない！　う、撃たないでぇー！」

とっても武偵高《ぶていこう》の女の子らしい恥じらいの表現方法——銃撃《じゅうげき》しまくってくる——で追い立てられ、あかりはアリアと2人、女子寮《りょう》のＶＩＰルームを喧噪《けんそう》に包んでいくのだった。

10弾　身体測定

その日、更衣室《こういしつ》で——あかり、志乃《しの》、ライカは体操着に着替えていた。

武偵高《ぶていこう》の体操着は、上は白い丸首シャツで名札のついたものが推奨《すいしょう》されている。が、下には決まりがないため、あかりはハーフパンツ、志乃は臙脂色《えんじいろ》のブルマー、ライカは黒いスパッツとバラバラだ。

「——そーなんだ！　志乃ちゃんも戦姉妹《アミカ》契約《けいやく》できたんだね！」

子供っぽい木綿《もめん》の白下着——縁《ふち》に簡単なレースがついたブラジャーと、ヘソ下に小さなリボンのついたパンツ姿のあかりが、志乃に無邪気《むじゃき》な笑みを向ける。

「はい！」

　久しぶりに再会できた事もあって、そんなあかりを穴があくほど見まくる志乃もすごく嬉《うれ》しそうだ。

　自分の着替えを中断している志乃は、職人が手作りした精緻《せいち》な刺繍《ししゅう》とレースに彩《いろど》られた真っ赤なランジェリーを身に付けている。

　志乃の隣《となり》では、ライカが制服のスカートを下ろし……

「……今日は先輩《せんぱい》の引率で身体検査とか、イヤな予感しかしないぜ」

そんな事をボヤきつつ、布量の少ない大胆な黒下着姿になっている。下半身なんかは、ほぼTバック同然だ。

そんなライカがチラ見した、更衣室の入口付近には——

制服姿でクリップボードを持ち、3人の着替えを待っているアリアがいた。

「ほら早く着替える！　武偵憲章5条、行動に疾《と》くあれ！」

私語ばかりしてる3人にイラッと来たらしいアリアに怒鳴られて、あかりたちは慌《あわ》てて着替えを済ませる。

そうして体操着姿になったあかりたちは……アリアの先導で、専門校区の歩道を歩く。

目指すは、救護科《アンビュラス》のある建物だ。

「身体測定は、適切な武装や戦闘法にもつながる大事な行事よ。レポートも教務科《マスターズ》に提出するんだから、マジメにやりなさい？」

「はい！」

アリアの言葉に、真剣《しんけん》な表情で返事をする志乃やライカとは対照的に——

（やったー。アリア先輩と一緒だ！）

あかりは1人だけ、ホクホクと笑顔になっている。

1年の身体測定は、教務から指示を受けた2年が引率する。

引率する生徒は概《おおむ》ねランダムに割り振られるが、戦姉妹契約をしている者がいる場合はそこが考慮《こうりよ》される場合もある。あかりたちをアリアが引率しているのは、そのためだろう。これはあかり的には嬉《うれ》しい事だ。

「まずは身長測定からするわ」

アリアに連れてこられた救護科《アンビュラス》の保健室には、医療《いりよう》器具の他にライフル棚が仮設されており、いろんな長銃《じゆう》がズラリと並んでいた。

その中からアリアは、

「佐々木志乃《ささきしの》。身長155㎝。ギリギリM4《エムフォー》ってとこかしら」

志乃の身長から考えて、適切だと思う小型アサルトカービン銃——

ストックを伸長《しんちよう》して840㎜にさせた、米コルト社のM4を渡す。

M4は騎兵銃《カービン》の名の通り、長すぎず短すぎず、扱いやすい自動ライフル銃。市街戦では重宝するもので、米軍が採用している事もあり、日本でも安価に出回っている銃だ。

「火野《ひの》ライカ。165㎝。FALでも引きずらずに持てそうね」

モデルのようにスラッとした体形《たいけい》のライカは、1090㎜もあるアサルトライフル《AR》——

FN・FALを渡されて、得意げにしている。

ベルギーのFNハースタル社が開発した軽量自動小銃FALは、ライカの身体のようにスマートなアサルトライフル。フォークランド紛争《ふんそう》や湾岸《わんがん》戦争の実戦を経て、欠陥《けつかん》の洗い出しも十分行われた信頼性の高い銃である。

一方……


1番手で身長を測ったあかりが仏頂面《ぶっちょうづら》で抱えているのは……

旧西ドイツで開発された、ヘッケラー&コッホ社のG《ゲー》11。

武偵高《ぶていこう》でも滅多《めった》にお目にかかれない、珍銃だった。

この自動小銃は軽量なケースレス弾薬を用い、薬莢《やっきょう》を排出《はいしゅつ》しないのでエコだ。バースト射撃時の連射速度は他の銃とはケタ違い。銃身長も540㎜と極めてコンパクトであり、身長139㎝――小学5年生の平均身長ぐらいしかないあかりでも、唯一運用できそうなアサルトライフルと言えた。

だがこの銃、スペックだけは素晴らしいのだが……あまりに次世代的すぎて、実用性に乏《とぼ》しく……故障や暴発も多く、今では存在自体がミイラ化してしまった物なのだ。一言で言うと、スベった銃である。

「こんなヘンな銃やだ！　あたしもそっちがいい！」

見ようによっては近未来のレーザー銃みたいでカッコイイG11も、あかりのセンスには合わなかったらしい。

ライカのFALを取ろうとして避けられたあかりは、「志乃ちゃん！　あたしの身長、もっかい測って！」と身長計にへばり付くが、

「何度計っても、139㎝は139㎝よ」

アリアは溜息《ためいき》を付きつつ、クリップボードに挟んだシートにデータを書き込んだ。

次に一同は狙撃科《スナイプ》に移り、狙撃レーンでの視力検査を行う事となった。

射撃レーンの一番奥に立つアリアの隣《となり》には、視力検査に使われるランドルト環がある。

「さっ、構えなさい」

アリアの指示に従い、あかり・志乃《しの》・ライカは立射姿勢《スタンディング》でL96狙撃銃《じゅう》を構えた。

銃は何でもよく、3人がのぞき込むのは——スコープ。

武偵高《ぶていこう》ではそれを使って、視力検査を行うのだ。

(……右？　うん、右だ)

一番早く分かった者が発声して回答するのだが、あかりが言おうとする前に、

「右」

ライカに言われてしまった。

なお、あかりには集中してスコープを覗くとなぜか口が開くクセがあり……

ポカーンと口を開けたあかりが可愛《かわい》かったのか、志乃は検査そっちのけで隣のあかりの顔ばかりを見ていた。

「下」

そんな中、ライカだけがキッチリと視力検査をこなしており——

「じゃあこれは？」

少し離れた所にいるアリアに問われて、

「左ナナメ上」

と、即答している。

通信会社のような趣《おもむき》のある通信科棟《コネクトとう》では、聴力テストが実施される。

スイッチだらけの通信機器が幾つもある部屋の中、あかりたちはヘッドホンを装着していた。そのヘッドホンからは、ザザッザザッ、という耳障《みみざわ》りな雑音が聞こえてくる。

雑音の中で小さく聞こえる足音を判別するのが、今回のテスト内容だ。

だがあかりは正直、何の音も聞き取れないので……雑音のうるさいヘッドホンを微妙に外し、ショートツインテールで耳を隠しつつ聞いてるフリをしてるのであった。

志乃はガマンして雑音から足音を拾おうとしているようだったが、眉《まゆ》を寄せてるだけで答えられずにいる。

——そんな中、

「足音。５人？」

片眉を寄せつつ、ライカが答えた。

それにアリアが「聴音弁別《ちょうおんべんべつ》ＯＫ」と頷《うなず》いている。正解らしい。

さらに訪れた諜報科《レザド》では、三半規管《さんはんきかん》のテストが行われた。

その測定のため、宇宙飛行士を訓練するような回転椅子《いす》にあかりたちは乗せられる。

これが、なかなかにシンドイ。縦横ナナメにグルグルと何度も回されたあかりは――

「うぷ……」

数分後、顔を真っ青にして地面の上をよろめいていた。そばでは志乃《しの》もノビている。

しかし、

「あかり。もう、『まいった』か？」

1人だけ回転椅子に乗り続けているライカは笑みを浮かべながら、アリアに涙目《なみだめ》で抱きつくあかりの様子をニヤニヤと見ていた。

「あと5分よ」

あかりの事はスルーしながらのアリアの言葉に――

「ラジャー♪」

ライカは余裕《よゆう》の表情で答えている。

どうやら、仲良し3人組の中でも……ライカは武偵《ぶてい》として一歩抜きんでている様子だ。

そんなこんなで、武偵高《ぶていこう》流の身体測定の終了後――

「次で最後よ」

そう言うアリアに3人が連れてこられた場所は……強襲科《アサルト》。

その、マンションのような形の別館《モック》だった。

通常は突入訓練などに使われる実物大の建物を見上げるあかりの隣《となり》では、ライカが、

「最後のは何ッスかー？」

何でも来いという感じで、アリアに尋《たず》ねている。

「ふふ。武偵高名物、運動神経測定《マッスル・リベンジャー》。行事みたいなものよ」

ニヤリ、と意味ありげに笑うアリアと共に……

4人は、普通の女の子の部屋にしか見えない別館の一室に足を踏み入れていく。

「女の子の部屋みたいな……訓練室《モックアップ》ですね」

部屋の中を見渡す志乃に、アリアは頷《うなず》く。

「そ。ここでの検査は――引率をさせられた2年のストレス解消も兼《か》ねてるの」

言いながら、がちゃん、とアリアは後ろ手にドアの鍵《かぎ》を閉めた。

「――室内を想定した近接戦《CQC》。レポートもちゃんと付けるからね」

アリアは楽しそうに、2丁拳銃《じゅう》を太もものホルスターから抜く。

いきなり、近接戦――それも、アリアと⁉

と、想像外の内容を聞かされたあかりたちは驚《おどろ》きを隠せない。

「普通は1人ずつなんだけど。3対1でいいわよ」

アリアは、白銀と漆黒《しっこく》のガバメントを左右の手に持って不敵に笑っている。

しかし……3対1でいいとは。

闘争心《とうそうしん》の強い武偵高生《ぶていこう》としては、2年と1年という差はあれど——少し、カチンと来る。

もちろんそれはアリアが1年たちが心置きなくかかってこれるよう、敢《あ》えて挑発したのだろうが——

「……甘く見てくれるぜ」

まずはライカが、体操服の中からナイフを抜く。

「……」

アリアの命令ならと、あかりもマイクロUZIを取り出す。

志乃《しの》も、持って歩いていたサーベルを……抜いた。

3対1の場合、1人の側は取り囲まれないようにヒット&アウェイを繰り返したり壁を背にしたりすべきだ。

しかし、アリアにその様子は見られない。

それならばと、あかりたちは散開してアリアを囲む。

こんな……周りを包囲された状況でも、アリアは機嫌《きげん》よさそうにしている。

あかりの目にも、アリアは既に絶体絶命だ。

自分はともかくライカや志乃は、ナイフ格闘《かくとう》や剣術《けんじゅつ》を使えるのだから。

「――いくぜ！」

先陣《せんじん》を切って突進していったのは、ライカだった。

しかしアリアは左手に握《にぎ》る銃《じゅう》の側面を使い、ナイフを握るライカの右手を捌《さば》く。そして同時に、ライカの足を蹴《け》り払《はら》っている。

「……っ！」

ライカは前方に倒れながらも、すぐさま地面に手をついて低空ローキックを放つが――アリアはそれも読んでおり、バックステップで回避する。

「きゃあ！」

その動作はなんと、背後にいる志乃へ向けた蹴りのモーションにもなっていた。アリアの後ろ蹴りを食らった志乃が、サーベルの側面を盾《たて》にせざるを得なくなる。

遅れて、アリアに銃口《じゅうこう》を向けたあかりだが――

（……っ！）

その銃を、アリアの長いツインテールの片方が弾《はじ》き上げてくる。

一方、起き上がったライカはナイフを逆手に持ち替えてアリアの背中にしがみつく。そして首を左腕で絞め、刃《やいば》をアリアの首筋に突きつけようとしながら――同時に、

「あかり、志乃、今だッ！　上下！」

アリアに怯《ひる》まず、指示を出している。

ここが勝機とばかりに、あかりはアリアの肩先にマイクロUZIの銃口《じゅうこう》を向け、志乃《しの》は足首にサーベルの刃《やいば》を——と、それぞれ攻撃のモーションを取る。

「あら、やるわね」

少しだけ本気になった様子で笑ったアリアが、右手のガバメントのセーフティーを掛け、ぽん、と銃を上に放り投げた。

「——?」

この行動に意表を突かれたライカの……口の端に。

アリアは右手小指を引っかけて、強引《ごういん》に振り回した。格闘《かくとう》技で相手の服や手首を掴《つか》んで振り回すのは常道だが、まさか口を引っぱるとは……!

と、ライカが面食らう中、アリアは小さくジャンプしながらあかりの銃をガバメントのグリップで叩いた。

その勢いで、あかりのマイクロUZIは180度前後に回転して——

「!」

あかりは自分の方に向けられた自分の銃口に、びびりまくる。

さらにアリアは着地の時、足首を払《はら》おうとしていた志乃のサーベルを踏みつける。

「ああっ……!」

刀身を踏まれて何もできなくなった志乃が、やむなく刀を捨てて退き……

見れば、あれほど果敢《かかん》に攻めていたライカも何故《なぜ》か顔を引《ひ》き攣《つ》らせて硬直《こうちょく》している。

よく見ると……アリアはライカの口に小指を引っかけるだけではなくて、右眼の下瞼《したまぶた》を突くように親指も押し当てているのだった。

これで下手に動くと、ライカの目玉はポンと飛び出してしまうだろう。

それはもちろん、アリアの意志一つでもできてしまう事だ。

「……！」

10秒弱で無力化された3人の目の前で、アリアの右太もものホルスターにさっき投げたガバメントが降ってきて——スポッ、と、きれいに収まった。

……キーン……コーン……カーン……コーン……

という、強襲科《アサルト》のチャイムの音が聞こえてきて——

「あーあ。もう終了時間かぁ」

汗一つかいてないアリアが、ちょっと残念そうに苦笑する。

そしてライカから手を外し、志乃の刀から足をどけ、あかりに向けていた左手の拳銃も収めてくれた。

やはり、Sランク武偵《ぶてい》の上級生には敵《かな》わない……それを痛感して、あかりと志乃は呆然《ぼうぜん》とする。

だがアリアは、悔しそうに目を押さえているライカに、

「あんたは、ちょっと素質あるわね」

そんな、羨《うらや》ましい言葉を掛けてやっているのだった。


強襲科《アサルト》には、プール併設《へいせつ》の女子浴場がある。

体力測定を終えた他の女子達と共に、スーパー銭湯みたいな湯船に浸《ひた》りながら――

あかりたち3人は、凹《へこ》んでいた。

3対1だというのに10秒も戦えなかった、さっきの運動神経測定《マッスル・リベンジャー》の結果のせいで。

「手も足を出ませんでしたね」

湯船の中で膝を抱えた志乃《しの》が、元気無くそう言う。

「ありゃチートだぜ」

男っぽく広げた両腕を湯船のフチに掛けたライカも、ヤレヤレと天井を見上げていた。

湯船の底にペタンとオシリをつけたあかりも、

「悪いレポート書かれちゃったんだろうなぁ」

ガッカリとうなだれて、湯船に口を付けて無意味に泡を立てていると――

「――そうでもないわよ。B+《ビープラス》ってとこね」

ツインテールをお団子に結い、タオルで前を隠したアリアが現れた。

わ、と3人が顔を上げると……

「あなたたち3人、とても息の合った良いチームだったから。最後はちょっと、本気出しちゃった」

湯船に入ってきながらのアリアの言葉に、あかりたちは少し意外そうな顔になる。

やがて……褒《ほ》められたのだと気づいた3人は、嬉《うれ》しそうな顔を見合わせた。

その素直な様子を見て、アリアも微笑《ほほえ》んでくれる。

「これからも、仲良くするのよ？」

「――はい！」

感動したあかりは、満面の笑みを浮かべてアリアに元気いっぱいの返事をする。

「特に、あんたは見所あるわ」

と、アリアは、またあかりから見ると羨ましいお言葉をライカにかけている。

1人だけ褒められて喜ぶライカだったが、

「……まあ、作戦は稚拙《ちせつ》だったけど。まっすぐすぎ」

直後には少し辛口の評価もされてしまっていた。

3人がまたションボリするという素直な反応を見せているのに対し、アリアはうーんと考えるような顔をして……

「そう、誰《だれ》かもう1人、小ずるい参謀役《さんぼうやく》がいれば更にいいチームになるんだろうけど」

独り言するように、そんな事を呟《つぶや》くのだった。

§　　§

ハリウッド・ミラー――

それは四角いフチを囲むように電球がズラリと並んだ、テレビ局の楽屋などに置かれる鏡。

仕事柄《がら》あまり化粧《けしよう》にこだわらない女子武偵《ぶてい》たちが、普通は目にした事もない……女優やアイドルがメイクをする際に用いる、女子力の高い鏡だ。

しかしそんなランプ付きミラーが、武偵高《ぶていこう》の特殊捜査研究科《CVR》のメイクルームには何枚も並んでいるのだ。

その1枚の前で、

「くちんっ！」

武偵高中等部《インターン》3年・島麒麟《しまきりん》が、かわいくクシャミをする。

フリルに縁《ふち》取られた改造セーラー服を来て、どでかいリボンを頭に載《の》せ、ディフォルメされたキリンのヌイグルミを膝上に置きつつの、あかりよりミニサイズの女子である。

その身長、なんと小4レベルの135㎝。

パウダーパフを指にはめて化粧中だった麒麟は、

「も〜、誰《だれ》かウワサしてますの〜？」

遠いアリアの言葉に応《こた》えるように、あさっての方向を向いてそう独り言するのだった。

11弾　島麒麟①

その日も、強襲科《アサルト》棟《とう》では制服姿の生徒たちが徒手格闘《かくとう》訓練を行っていた。

犯罪者との戦闘任務《クエスト》を受ける強襲系武偵《ぶてい》にとって、格闘技とはスポーツではない。

警察や自衛隊同様、自己防衛や目標制圧のために欠かせない履修《りしゅう》項目なのだ。

イザとなれば命が懸かるものとあって、生徒たちは投極打《とうきょくだ》を問わずあらゆる技を磨く。

実戦では――動きやすい被服《ひふく》に着替えさせてもらう事もできなければ、性差や体重《ウェイト》差があるからハンデを下さいなどと敵に頼《たの》む事もできない。従って、生徒たちは拳《こぶし》の骨を保護する指抜きグローブ《OFG》以外は普段の制服のまま、男女や体格を問わず戦うのが常だ。

「――いきます！」

強襲科の劣等生《れっとうせい》・あかりも――

いつも以上に気合いを入れて、構えを取る。

今日は、アリアが稽古《けいこ》を付けてくれるからだ。

「はっ！」

と、あかりは縦拳《たてけん》をアリアへ繰り出す。

……だが、コキッ！　と、その手首を簡単に極められてしまい、ドタン！

「きゃう！」

片手持ち四方投《しほうな》げで、勢いよく倒されてしまう。

十分な体力を持ちながらも、アリアは自分の力より相手の力を使って敵を倒す合気系の技を巧みに使ってくる。多対一の戦闘を念頭に置いた、長時間戦い続けられるスタイルだ。

その一方で、少し離れた所の人だかりからは「おおー」と歓声が聞こえてきた。

「男女《おとこおんな》、やるなぁ」

そんな声にあかりが顔を上げると、男女とアダ名された——ライカが、自分より大きな男子にアキレス腱固めを極めていた。男子は床を叩《タップし》き、ギブアップの意志を示している。

「また男女の勝ちか」

「強《つえ》ェ——！」

などと言うギャラリーの声を聞いたあかりは、

「ライカ、すごい！」

ガバッと起き上がると、笑顔になる。

いま自分に派手に倒されたあかりがケロッと起き上がったのを見たアリアは、

「……あかりったら、タフさだけはAランクね」

呆《あき》れたような、感心したような声で……そんな呟《つぶや》きを漏らし、苦笑いしている。

あかりの視線の先では、

「チッ、男女《おとこおんな》め！」

衆人環視《しゅうじんかんし》の中で、ライカ——女子にやられてしまった男子が、捨て台詞を口にしていた。

封建主義的な武偵高《ぶていこう》で男子が女子に負けるのはとても不名誉《ふめいよ》な事とあり、憎々《にくにく》しげに。

だがライカはそんな憎まれ口は慣れっこなのか、カラッとした笑顔で受け流している。

§

§

格闘《かくとう》訓練が終わり、シャワーを浴びて制服を着替えたライカは——

スポーツドリンクを飲みつつ、1人、強襲科《アサルト》を出た。

その表情はクールなものであったが、

（……まあ、アタシが男女なのは変えられないからいいけどさ）

心は、あまり穏やかではなかった。

……男女。男勝《おとこまさ》りな女子が多いこの武偵高ですら、自分はそう呼ばれている。

つまり、極めて女の子らしくない女子高生、という事なのだろう。

別にそんな事は、物心ついた頃から自覚していた。

自分は背が高く、アメリカで武装探偵をやっている父譲《ゆず》りで力も強く、喋《しゃべ》り方だって男
喋りの方がしっくりくる。生まれつきそうなんだから、今さら自分を変えるつもりはない。

——あたしは、これでいいんだ。誰《だれ》に何と言われようと。

そう自らに言い聞かせつつ、ライカが歩いていると……

「……っ……」

道ですれ違った、先輩《せんぱい》の女子に目を奪われてしまう。

自分と同じ金髪の女の子だが、類似点はそこだけ。細部の改造を自己責任で行ってよい武偵高のセーラー服にヒラヒラのフリルを可愛《かわい》くあしらった、チャーミングな先輩だ。

ピンクのリボンで髪をツーサイドアップに結い、顔つきにも愛嬌《あいきょう》……というか、女子としての豊かな魅力《みりょく》がある。

完成された砂糖菓子《がし》みたいな、誰からも愛されそうな、女の子らしい女の子——

（……憧《あこが》れるよな……ああいう女子には……）

ふわり、とその先輩から漂《ただよ》ったバニラのような香りにウットリしてしまって、その後ろ姿を目だけで追いかけてしまう。

そんなライカの口元は……自分でもよく分からない感情で、への字に歪《ゆが》んでいく。

自分も、あんな風になりたい。フワフワした、誰もが本能的に抱きしめたくなっちゃうような女の子に。

でも、それはムリな願いだ。

自分は身長がありすぎる。顔つきが鋭すぎる。戦闘力が高すぎる。

だから、求めても求めても、なれないのだ。絶対に。

だから、あきらめるべきなんだ。

(でも、せめて……あんな女子と、仲良くできたら……)

とも思うが、それもムリだろう。

自分みたいなガサツなタイプは、ああいう女子には嫌われるに決まってるんだから。

と、気落ちしながらライカが再び歩いていると……

「――あっ、ライカ。ちょっと」

あかりの声が聞こえてくる。

見れば、校舎脇のベンチにあかりと志乃《しの》がポッキーを手に並んで座っていた。

「なんだ?」

と、呼ばれたライカが近づくと……

「あたしたち、日曜に『ラクーン台場』に行くんだけど、ライカも来る?」

ラクーン台場とは、台場に楽天資本で造られたホテルつきのアミューズメント施設だ。

「あれ遊園地だろ? ガキじゃないんだからさァ……」

ライカはあまり気乗りしなかったが、一応、あかりが差し出してくれたパンフレットを受け取ってみる。

あかりの隣《となり》では、あかりと2人きりで行きたい志乃が『ライカは来なくてよし!』的な表情になっているが……その辺の空気は読めないライカなので、一応パンフに目を通す。

そこには――カラフルな衣装を身にまとい、パニエでスカートを膨《ふく》らませた、愛らしいアイドルグループの写真があった。

美少女アイドルもまた、女の子らしさのカタマリ。ライカにとっては憧《あこが》れの存在だ。

日曜には、そのライブを見られるイベントがあるらしい。

これは、ぜひ見たい。しかしそれを言うとからかわれるかもと思ったライカは、

「……まあ、行ってやってもいいか」

詳細《しょうさい》は語らず、あくまであまり興味がないような顔のままそう言った。

そのライカの返答に、志乃は手にしていたポッキーをボキリと折りつつ項垂《うなだ》れている。

「良かった！　このタダ券、３人まで入場できるんだよ」

チケットを手にしたあかりが心から楽しそうに言うので、ライカと志乃も何だか楽しい気分になってきて――そこからは３人で、はしゃぎながら日曜の予定を立てにかかる。

しばらく賑《にぎ》やかに喋《しゃべ》っていると、

「あかり」

校舎の２階から、アリアの声が降ってきた。

「町に出ても、武偵《ぶてい》としての自覚を持つのよ？」

話が聞こえたのか、アリアはキリッとした表情で注意を促《うなが》してきている。

その横には、狙撃科《スナイプ》の2年生――ドラグノフ狙撃銃《じゅう》を肩掛けした、レキの姿もあった。

アリアからの注意に「はい！」と元気よくお返事したあかりだが……気分は、100％浮かれきっている。

アリアの姿を見て一層ゴキゲンになったあかりに、

「あかりさん。待ち合わせ場所ですけど……」

アリアに敵愾心《てきがいしん》を持つ志乃《しの》が、あかりを自分の方へ引き戻そうと会話を再開させている。

お出かけの計画に夢中な下級生たちに眉《まゆ》をひそめたアリアは――ライカにも、

「あんたも、しっかり行動するのよ？　アサルトライフル《AR》は銃検《じゅうけん》厳しいの分かってるけど、いつまでも整備中じゃ通らないわよ」

と、お小言してくる。

銃検とは、銃器《じゅうき》検査登録制度の事。

近年日本でも民間人の所持が許可されたとはいえ、銃は公安委員会が発行する登録証が無ければ携帯《けいたい》できない。

その登録はポケットサイズのデリンジャーから巨大な汎用機関銃《GPMG》まで、口径・装弾数やフルオート機能の有無等によって細かく区分けされ――殺傷力が高いほど、検査が厳しくなるのが一般的だ。

だがこれは割とザル法であり、抜け穴が幾つもある。たとえばアリアが指摘《してき》したように

『整備中』と公安に申請《しんせい》すれば、金のかかる法定整備をすっ飛ばしても使用が許可されてしまうのだ。その場合、銃は使用非推奨《すいしょう》とされつつも使用禁止とならないからである。

ライカの銃――Magpul MASADA《マグプルマサダ》は、アリアが言う通りアサルトライフル。

各国の軍・警察に採用されなかったため人気がイマイチとはいえ、カタログ上の性能は強力なものだ。実戦では有用なのだが、その銃検は面倒《めんどう》なものなので……ライカも一部の学生武偵《ぶてい》がそうするように、『整備中』で何四半期か通してしまっているのだった。

そこがアリアにバレているものの、

「はぁーい」

法定整備に出す金がないライカは、生返事で答えるしかない。

アリアは心配げな顔で後輩《こうはい》3人を見下ろしていたが、

「アリア先輩《せんぱい》、また明日～！」

そんな気持ちに少しも気づかないあかりは、緩《ゆる》みきった表情で大きく手を振るのだった。


日当たりの悪さから家賃が割引されている、第3女子寮《りょう》・103号室――

1Kの自室に戻ったライカはライフル銃を壁のフックに掛けて、室内にある他の銃器やナイフを見回す。床にはトレーニング器具。ベッドも無骨な、黒塗りの鉄パイプのものだ。

この部屋を誰《だれ》かが見ても、女子の部屋だとは思わないだろう。

しかし——ライカのベッドの下には、女の子の証拠ともとれる物が隠されてあった。

それは他の雑誌などと合わせてコソコソ買い集めた、少女マンガの数々。

「人間は、自分にないものに憧《あこが》れるんだよなぁ」

自虐的《じぎゃくてき》に呟《つぶや》きつつ、ライカはその中から1冊のマンガを手に取る。

そして——どさっ。

ベッドに寝っころがったライカは、ピンクで縁《ふち》取られた表紙の……お気に入りの1冊を、読み始める。

それは今の少女マンガのトレンドからすると少し古めかしい、王道学園ラブロマンスを描いた作品。

……ライカが開いた、大好きなシーンは……

カッコイイ男性キャラが、美少女ヒロインに言い寄られているシーン。

ヒロインは背がちっちゃくて、お目々が大きくて、あどけない顔つき。

いわゆるロリ系の、守ってあげたくなっちゃう子だ。

そのヒロインは恋した男性キャラに甘えまくっているのだが、男からすると可愛《かわい》い子に甘えられるのはむしろ嬉《うれ》しいもの。すり寄ってくるヒロインの全てを受け止め、甘い時を過ごす姿が描かれている。

ライカはその美少女を抱きとめてやる想像をし、やがて2人がキスをするシーンで——

「……っ……！」

ある事に気づいた。そして、ばふ。

誰《だれ》が見てるわけでもないのに、開いたままのマンガで顔の下半分を隠して赤くなる。

自分は、今……いや、今までも、いつも……

少女マンガを読む時、男の方に感情移入して読んでいるみたいだ。

通常これは、女の子側に感情移入して読むべき物なのだろう。しかし──

（やっぱり、男女《おとこおんな》だぜ）

──自分は女子の心を持ってこれを読むことすら、できていなかったのだ。ずっと。

§　　　§

日曜日。

ラクーン台場の遊園地、その片隅《かたすみ》のベンチに島麒麟《しまきりん》は1人で座っていた。

動物のキリンをディフォルメしたぬいぐるみ……ジョナサンと名付けたそれを横に置き、手には食べかけのクレープを持って、

「キリンは淋しいと死んじゃいますの」

小さく呟きつつ、パステルピンクのパスケースに目を落とす。

中には、先月まで戦姉《アミカ》だった峰理子先輩《みねりこせんぱい》と一緒に撮ったプリクラが入っていた。

(戦姉妹契約《アミカけいやく》が終わったらお別れなんて……校則は残酷《ざんこく》ですの)

ぺったり頬《ほお》をくっつけ合った理子と麒麟《きりん》、2人で書いた『なかよし』『アミカ』などの手書き文字を見ていたら、戦姉妹だった頃の楽しかった記憶が次々と甦《よみがえ》ってくる。

しかし、戦姉妹契約は1年間。

後輩《こうはい》は多様な先輩からの教えを受けるべきという武偵高《ぶていこう》の方針によって、進級した後も契約を更新する事は非推奨《すいしょう》となっている。

それで、理子先輩と麒麟は一旦《いったん》別れる道を選んだのだ。

しかし、その悲しい運命を嘆《なげ》く麒麟への応援歌《おうえん》のように……

——恋心は　振り子みたいに　揺れて　揺れて——

向こうにあるステージから、美少女アイドルグループの生歌が聞こえてくる。

(……恋心は揺れるもの)

理子への思いを胸に収め、麒麟は気を取り直す。

別れさせられてしまったものは、仕方がない。

過去を嘆くより、未来に希望を見いだそう。つまり——新しい戦姉を、探すのだ。

理子と麒麟は、性格やファッションセンスが似通っていた。だからこそ似たもの同士、お友達感覚の戦姉妹でいられたのだが……

次は、自分とは違うタイプの女子にお姉様になってもらおう。

たとえば、王子様タイプの先輩《せんぱい》とか！

それはきっと、自分にとって新鮮《しんせん》で刺激的な体験になるだろうから。

そう。それはまるで、世間一般で良いものとされている『男女の恋愛』のように――

タイプの違う者同士が惹《ひ》かれ合い、理解し合う過程を経験できるものになるに違いない。

スラリと背が高くて、カッコ良くて、守ってくれるようなステキな先輩……

そんな理想のお姉様をイメージしていた麒麟《きりん》に、

「ねえ君ィ。デートしない？」

無粋《ぶすい》で野太い、男の声が掛けられた。

振り返ると……白いウサギの着ぐるみが1体、麒麟の方を向いている。

不出来な遊園地のスタッフが、いわゆるナンパを仕掛けてきたのだろう。

それに対し、麒麟はプイッとソッポを向く。

「あっちいけシッシッですの。男性には興味ございませんの」

麒麟の発言は、ナンパ避けの方便ではなく――正直ベース。

というのも麒麟は生来《しょうらい》、男に異性としての興味が全く湧かない性格をしているからだ。

なので、男子が見たらちょっと引くようなフリフリのヒラヒラでロリロリな服装をしているのが――麒麟の、ありのまま。むしろ同性から可愛《かわい》がられるような麒麟でありたいと、常日頃から思っている。

そのため、武偵高《ぶていこう》の特殊捜査研究科《CVR》……色じかけ《ハニートラップ》で犯罪者を籠絡《ろうらく》する学科に於《お》いても、Ⅱ種《にしゅ》β《ベータ》要員という女性犯罪者向けの特殊《とくしゅ》なメンバーとして育成を受けているのだ。

しかし、そもそも……

この着ぐるみを着た男の目的は、ナンパとは別の所にあるようだった。

しつこく言い寄ってくるのではなく、

「来いッ」

と、強引《ごういん》に麒麟の右腕を掴《つか》んできたのである。

その拍子《ひょうし》に食べかけのクレープを手から落としてしまった麒麟は——キッ！

鋭い表情になり、着ぐるみの腕を払《はら》いつつ胴を叩く。

峰理子《みねりこ》から習った中国拳法の理論通り、小柄《こがら》ながら体重《ウエイト》をキッチリ載《の》せた掌底《しょうてい》が決まる。

「相手を間違えましたわね。私、武偵ですのよ！」

しかし、その麒麟の攻撃は……

「——だからだよ、来い」

……効いていない。

そこでさらに背後からもう1人、別の黒いネコの着ぐるみを来た男が——

麒麟の頬《ほお》に、ナイフを添えてきた。

「――うひぃ！　お顔はやめてですの！」

色じかけを仕事とするＣＶＲの生徒にとって、顔は何よりの商売道具。

それを傷つけられてはたまらないと、麒麟《きりん》は諸手《もろて》を挙げて弱々しい表情を作る。

するとすぐ、

「乗れ」

黒い着ぐるみの男が、一台のカートを示しながら命令してきた。

座席に、ではない。後ろのトランクの方に入れと手で示している。

（これは……誘拐《ゆうかい》っ……？　ガチでマズそうですわ！）

危機感を高めた麒麟は、思い切って――

スカートの左側面をパッと上げて、ガーターベルトに隠していたデリンジャーを抜く。

レミントン・モデル95・ダブルデリンジャー――銃身《じゅうしん》長７㎝半しかない隠し銃を握《にぎ》ると、
麒麟は振り向きざま銃口《じゅうこう》を向ける。

だが、黒い着ぐるみ男は平然としていた。

（……銃に怯《ひる》まない⁉）

そこに気づいた直後、麒麟はウサギの着ぐるみの方に後頭部を殴《なぐ》られて――倒れ込む。

「バカが。防弾装備もせずに武偵《ぶてい》を攫《さら》うかよ」

寄りかかるように倒れた麒麟を受け止めながら、黒い着ぐるみ男が笑う。

その後、2人は周囲を気にしつつ、カートのトランクに脱力した麒麟を押し込んでいく。

――バスンッ、と、トランクが閉じられた直後、麒麟は……

気絶したフリをやめて、目を開いた。

そしてラインストーンでデコレーションされたピンクの携帯《けいたい》を取り出し、大急ぎで救援《きゅうえん》要請《ようせい》のメールを打ち始めるのだった。

§　　§

時を同じくして、ラクーン台場にはあかりたちの姿もあった。

「うひゃあああー！　なにこれー！」

ターザン・ブランコと名付けられた……長いロープの下に付けられた小さな足場に立ち、大きく揺らされる遊具に乗ったあかりが絶叫する。

安全ベルトは付いているものの、これはコワイ。

スカートを気にかける余裕《よゆう》もないあかりの姿を「神様ありがとう！」などと言いつつの志乃《しの》がひたすらデジカメで激写する中――

ライカはヘラヘラと笑って、チュロスを食べていた。

「強襲科《アサルト》のロープ訓練みたいだなぁ」

その視線は、さっきから美少女アイドルのステージをチラチラ見ている。

満足そうな志乃《しの》とライカとは対照的に、

「うわあああああ！」

巨大ブランコに乗るあかりは涙目《なみだめ》で悲鳴を上げ続けていた。


この日は休日だったが、アリアに注意された事もあり……

あかりたちは防弾制服を着ており、銃や刀も持ってきていた。

だがそんな物騒《ぶっそう》な装備品の事など忘れてしまうほど、仲良し３人で来たラクーン台場は楽しい所だった。

次は観覧車に乗った３人は、羽田空港に離発着《りはっちゃく》する飛行機を見つけたり、上から見える武偵高《ぶていこう》の様子にはしゃいだりする。

そんな３人が乗ったカプセルが、ちょうど観覧車の頂点を回った頃。

「……ん？」

ライカのスカートのポケットから洋楽のメロディーが、あかりの胸ポケットからはピピピピッという電子音が鳴る。志乃のポケットからも、マナーモードにした携帯《けいたい》の振動音が聞こえてきた。

３人同時にメールが送られてくるとなると、武偵高からの緊急《きんきゅう》周知エリアメールだろう。

不審に思ったあかりたちがメールを見ると……その笑顔が、一斉に凍り付く。

『Area: 江東区《こうとうく》2丁目6　Case Code:F3B-O2-EAW　特殊捜査研究科《CVR》　インターン（中3）の島麒麟《しまきりん》より発信有り（13:55）』

一部暗号化されているが、これは事件発生を意味するメールだ。

「現場《げんじょう》——ここだぞ。ラクーン台場だ」

「ケースF3Bは、誘拐《ゆうかい》・監禁《かんきん》されたって事で……O2って何だっけ」

「『原則、2年以上が動け』です」

焦《あせ》るあかりに、志乃が答える。

「『犯人は防弾装備《EAW》』か。プロかもな」

ライカが呟《つぶや》く。

武偵《ぶてい》の言う『プロ』とは、昨日今日銃《じゅう》を手にした者ではない犯罪者を意味する。

ヤクザや海外から日本に出稼《でかせ》ぎに来たマフィアといった、危険な相手だ。

志乃は、アクセスした校内《イントラ》ネットの緊急連絡BBSをみんなに見せる。

「近隣生徒の書き込みが……早い生徒でも、現場到着は20分かかるそうです」

「特殊捜査研究科《CVR》は色じかけ《ハニトラ》の専門科——拉致《らち》されたのは、騙し打ちぐらいしかできない生徒だ」

ライカが眉《まゆ》を寄せて言った後、観覧車が一周を終え……3人は、地上に降りる。

「――どうする。動くか?」

「……でも私たち、まだ入学式から半月しか経ってませんし……」

ライカと志乃《しの》が、不安そうな表情で話し合っている。

この事件は、あかりたちの手に余るような相手が絡んでいるかもしれない。

だが、自分たち以外の生徒はこの遊園地にはいない様子だ。

自分たちが動くか。それとも、メールにあるように2年以上の先輩《せんぱい》が来るのを待つか。

その判断に迷った、あかりは――

(アリア先輩……!　先輩なら……なんて言うだろう……!)

携帯《けいたい》の『インターン(中3)の島麒麟《しまきりん》』の文字を見ながら、考える。

(……中3……)

あかりは今、思考の上で先輩《せんぱい》を頼った。アリア先輩なら、どう動くだろうかと。

だが、この島麒麟という中3の生徒から見れば――高1の自分たちは、先輩なのだ。

頼られるべき、先輩なのだ。

「……行こう……!」

この瞬間、傷つけられているかもしれない後輩《こうはい》のために――!

「今、この子を助けられるのは――あたしたちしかいない!」

あかりは決意し、志乃とライカにそう宣言する。

12弾　島麒麟②

手錠《てじょう》をかけられた麒麟は、着ぐるみ2人組の仮のアジトに連れてこられていた。

7階建てのラクーン・グランドホテルの最上階、スイートルームである。

着ぐるみを駐車場で脱いだ2人組は、若い男たちだった。白ウサギの方は髪を脱色《ブリーチ》した銀髪で、黒猫の方は黒髪。カラーは、自分たちの髪の色に合わせていたらしい。

「まだあるんだろ、銃《じゅう》。出せ」

黒髪の方がそう言って、スイートルームの床に座らされた麒麟の髪を掴《つか》んできた。

反対の手では麒麟から取ったデリンジャーを、頭に突きつけてきている。

こっちの男は銀髪より年下で、短気な感じがする。あと、あまり頭は良くなさそうだ。

「——銃なんか、もうありませんわ！　ほら！」

麒麟は怒った表情で、スカートの左半分をべろんとめくり上げて見せた。

麒麟の色白な太もものほとんどが露《あら》わになると、黒髪の男はたじろいでいる。あまり、女性の肌を見慣れていない男らしい。

麒麟はその動揺《どうよう》を見逃さず、

「なんなら、直接スカートの中をお探しになります？」

挑発的に言う。

すると、顔を赤くさせた黒髪の男は……舌打ちしながらデリンジャーを離した。

一方、そのやりとりには興味なさそうに煙草《たばこ》を吸っていた銀髪男は――

「ヌイグルミだ。重心がおかしい」

色つきサングラスの下から鋭い視線を麒麟《きりん》の方へ向け、黒髪の男にそう告げている。

その口調からして、どうやら銀髪の方が上司的な立場らしい。

部下の黒髪男は、言われた通り麒麟のヌイグルミを取り上げた。

「――ジョナサンに触《さわ》らないで！」

いつも連れ歩いているヌイグルミ――ジョナサンを取り返そうと走り回る麒麟だが、

「みぎゃっ！」

バランスを崩し、室内のテーブルに思いっきりぶつかって倒れてしまった。

その勢いで、テーブルの上にあったメモ帳やフルーツが床に散乱する。

「ジョナサンを、ジョナサンを返してー！」

子どもっぽく泣きながら訴える、麒麟だが……

黒髪の男は無情にも、ヌイグルミのお腹《なか》のジッパーを開いた。

すると、中からはコルト・アナコンダ――

ステンレス・シルバーの銃身《じゅうしん》と木目のグリップという、リボルバー式拳銃が出てくる。

反動の大きい44マグナム弾を使うその大型銃は麒麟には到底《とうてい》扱いきれないシロモノだが、対物破壊《はかい》や脅《おど》しのために持っていたものだ。

「ヒャッハー！　2丁も手に入ったぜ！」

コルト・アナコンダを掲《かか》げ、奇声を上げて喜ぶ黒髪の男——

それを見た麒麟はケロっと泣き止むと、ほむううううとほっぺを膨《ふく》らませた。

「武偵《ぶてい》のガキを攫《さら》えば人質《ひとじち》と武器が手に入る。これでラクーンを脅迫《きょうはく》だ」

「防弾着ぐるみといい、兄貴マジ天才ッスよ！」

黒髪の男がヨイショしつつ、サングラスの銀髪男にコルト・アナコンダを渡す。

「うう……びえええええええええ！」

床に座り込む麒麟が、大声で嘘《うそ》泣きを再開させると……

黒髪の男は、うざったそうにそっぽを向いた。

サングラスの男の方は、麒麟から取った携帯《けいたい》を使ってどこかに電話をかけている。

そっちに聞き耳を立てると……

「……ラクーンさんも凄惨《せいさん》な事件が起きたら集客に響くだろ？　身代金《みのしろきん》ぐらい、安いモンだと思うぜ」

どうやら、麒麟を人質に取ってラクーン台場を脅迫しているらしい。

だが——今、誘拐《ゆうかい》犯は2人ともがこちらへの関心を失っている。

麒麟《きりん》は目ざとくそれを確認してから……自分のオシリの後ろにあったメモ帳とペンを、スカートの中に隠した。

§　　§

あかりたちは手分けして、麒麟を探す。

だが、ラクーン台場には複数の建物がある。

(手がかりがない……どうしたらいいの……!?)

焦《あせ》るあかりは、ただ右往左往するだけだ。

志乃《しの》とライカも聞き込みを行っているが、有力な情報は無い。

§　　§

ジャーキーを肴《さかな》に酒を飲む誘拐《ゆうかい》犯たちに……

麒麟は命令されて、手錠《てじょう》をした腕でお酌《しゃく》をしていた。

「金さえ受け取ったら無事に帰してやるから、そんな顔するなよ」

サングラスをかけた銀髪男の言葉に、

「今にきっと、カッコイイ王子様が助けに来るですの！」

ウイスキーのボトルを抱えたまま、麒麟はアカンベーしてやる。

だが、いま自分で言った『王子様』という言葉に……麒麟は申し訳なさそうに、人魚姫《ひめ》座りでへたり込む。

「でも王子様……ごめんなさい。麒麟は特殊捜査研究科《CVR》の、女性――それもタチ向け要員ですの……！」

突如始まった、空想の王子様との一人芝居《しばい》――

「……なんか、おかしい娘を攫《さら》っちまったな」

それを見たサングラスの男が、誘拐されてもマイペースを貫く麒麟に呆《あき》れている。

その油断を突くように、

「はう！　囚われの麒麟姫に更なる悲劇が……！」

いかにも芝居がかった調子で、麒麟が独り言する。

場の空気が麒麟ペースになりつつある中、

「今度は何だよ？」

黒髪の部下が、少し戸惑《とまど》いつつ尋《たず》ねてくる。

「……お、おトイレに行きたいですの……！」

半ベソで答えた麒麟のセリフに、黒髪男が銀髪男へと一応の確認を取る中――

「行かせてやれ。携帯《けいたい》はここだしな」

酒が入り、少しリラックスした感じの銀髪男が許可する。

それで黒髪男は、麒麟《きりん》をトイレに行かせてくれた。

「さっさと済ませろ」

とはいえ閉めたドアの向こうで番はするつもりらしく、黒髪男は煙草《たばこ》を取り出していた。

それでも、トイレの中で1人になれた麒麟は……

まずは、周囲にある物を見回す。

中にはウォシュレットと洗面台があり、壁にはホテルを縦に切った断面図に避難経路が書き加えられたプラスチックのボードが貼られている。

それらの条件から、麒麟は——考える。

どうすればここから逃げ出せるのか。

トイレに、窓はある。しかし転落事故を防ぐため、大きくは開かないようになっている。

しかも避難経路図によればここは703号室。7階だ。

となるとやはり、想定した通り——引き続き、助けを求める必要がある。

現状を武偵高《ぶていこう》に伝えるための携帯は、誘拐《ゆうかい》犯たちに取り上げられてしまった。

しかし、自分がラクーン台場で囚われたという一報は武偵高に入れてある。

それを見て、この近くへ武偵高の生徒が助けに来てくれている可能性は低くない。

つまり、この近くに情報をバラ撒けばいいのだ。

（……ポールがここで、プールがここだから……）

ホテルの断面図を見取り図代わりに、麒麟は自分の救出経路を自ら考え……スカートの中に隠していたメモ帳とボールペンを取り出した。

――情報を、バラ撒《ま》く――

それは必ずしも、データ通信や広域スピーカーに頼らずとも出来ることだ。

小ずるい手を使わなければ犯罪者に立ち向かえない、弱くて小さな自分に備わった……そんじょそこらの女子高生には無い『発想力』を使えば。

麒麟はまず、メモ帳に――

『703　NF　ターザン　戻りでダイブ』

――万一、敵方に見られても詳細《しょうさい》は分からないような文字列を書き付ける。

それを次々と書く。10枚。20枚。

「……まだかよ？　何やってるんだ！」

トイレの外から聞こえた黒髪男の声には、

「――女の子の日ですの！」

そう返して、女慣れしてない向こうを黙《だま》らせておく。

§　§

（……どこなの……島麒麟《しまきりん》……！）

麒麟の痕跡《こんせき》が見つからず、焦《あせ》るあかりの——頭に。

こつんっ。

と、何かが刺さるように飛び込んできた。

何だろう？　と思ってそれを髪から抜いてみると……

——それは、メモ帳を折って作られた紙飛行機だった。

その翼《つばさ》の部分には『７０３　ＮＦ　ターザン　戻りでダイブ』の文字が書き付けてある。

（……武偵《ぶてい》の短暗号《ショートコード》……！　ＮＦ——応援要請《Need Friendly》……！）

その文字列の一部は、授業で全生徒が習う暗号《サイファー》だ。

それに気づいたあかりが空を見上げると、

「あっ……！」

紙飛行機が、何機も空を舞っている。

それが飛ばされている、出元の場所は……

——ラクーン・グランドホテル。

その最上階にある一室の、小さな窓だ。

窓の数を下から数えてみると、7階。つまり——

（……島麒麟は……あのホテルの、703号室にいるんだ！）

それにしても、紙飛行機とは。

そんなの、授業でも習わなかったやり方だ。

携帯《けいたい》を破壊《はかい》されたか取り上げられたかしたのだろうが、島麒麟はそれでも情報を仲間に伝達するその手段を自ら思いついたのだろう。

まだ遊泳はできないらしいが、イベント事などに使われるのだろう——なみなみと水が張られたホテル併設《へいせつ》の巨大プールが、キラキラと春の陽光を弾《はじ》いていた。

ようやくあかりの胸に湧いた、希望の光のように。


あかりと、あかりに携帯で呼ばれた志乃《しの》・ライカは、ホテルのロビーで作戦会議をする。

ライカはホテルの縦断面図に目を通し、あかりがマイクロUZIを、志乃がサーベルをそれぞれ抜く。

突入準備をする武偵3人を、従業員たちはこわごわと見守っていた。

「『ターザン』はワイヤー運動《ワーク》の暗号《サイファー》だけど……『戻りでダイブ』って……？」

あかりが首を傾《かし》げつつ、拾った紙飛行機をライカに差し出す。

「……？」

だが、ライカにもその真意は分からないようだ。

しかしこの場合、全文の意味が分かるかどうかは問題ではないだろう。

要救助者の所在が明らかなら、そこへ急ぐべきなのだ。今この瞬間にも、島麒麟《しまきりん》は命の危機に晒《さら》されているのかもしれないのだから。

「とにかく今は行動しましょう。窓からとドアからで挟み撃ちにするのがセオリーです」

――志乃《しの》の言葉に、あかりとライカは頷《うなず》く。

「じゃ、アタシがロープで窓の上から行く。あかりたちはドアから」

難しい役目を自ら買って出てくれた、ライカは……

「703号室で会おうぜ！」

そう言い残し、あかり・志乃と別行動に移っていった。

§　　§

ケースから出したアサルトライフル《Magpul MASADA》を組み立てたライカが、エレベーターに乗る。

最上階から従業員用の非常階段を上って出た、ホテルの屋上は……ドーム形をしていた。

それは避難用の見取り図から分かっていた事だが、ライカは屋上の縁《ふち》で眉《まゆ》を寄せる。

ワイヤーを使って降りるなら、703号室の真上にフックを掛けなければならない。

しかしこの屋根は丸くツルツルしており、フックを掛けられるポイントが無いのだ。

しっかり掛けられそうなのは、いま出てきた非常階段の脇にあったポールぐらい……

だがそこから降りても、麒麟のいる窓ではない別の窓に降りてしまうだろう。

(……ターザン……)

紙飛行機にあった、その言葉を思い出すライカの頭に――

「！」

閃《ひらめ》くものがあった。

正確には、閃かされた。紙飛行機にあった、その後の『戻りでダイブ』という言葉に。

(……だから、『戻りでダイブ』か……！　……突飛なこと考えやがって！)

こんな事を発想するとは、なんという中学生《インターン》だろうか。

難しそうなアクションではあるが、そうでもしないと703号室の窓に自分が行けなさそうな事も確かだ。

(よし。その思いつきに賭《か》けてやる。待ってろよ、島麒麟……！)

下級生から与えられた難題に、ライカはむしろやる気に満ちた笑みを浮かべる。

§　　　§

――703号室のドアの前に、あかりと志乃《しの》が到着する。

「行くよ、志乃ちゃん」

「はい。あかりさん、私がついています」

小声で言葉を交わし……

まずは志乃が、ドアにそっと近づいた。

そしてサーベルを持つ右手を、大きく後ろに引き……

佐々《さ さ》木家に伝わる燕《つばめ》返しの応用技・燕貫《つばめぬ》き――鎧《よろい》武者を甲冑《かっちゅう》の上から串刺しにできるとされた、瞬発力《しゅんぱつりょく》を込めた突き技を放つ。

バキイインッ！　という音と共に、志乃の突きがドアの鍵《かぎ》を破壊《はかい》し――

そこに突進していったあかりが、ドンッ！　と体当たりで703号室のドアを開く。

「――武器を捨てて！」

突入の瞬間には大声で威嚇《いかく》するべし、と強襲科《アサルト》で習ったあかりはセオリー通りに叫ぶが、その視線が足元を見ていなかったせいで――べちゃっ！

入口付近にあったスリッパに足を突っかけて、前のめりに思いっきり転んでしまう。

「あ、あかりちゃん！　大丈夫ですか」

その様子を見た志乃も志乃で、あかりを最優先するあまり室内から目をそらしてしまう。

「う……武器を……捨て……」

床にぶつけた鼻を押さえつつ、マイクロUZIを構え直そうとするあかりであったが、

「――捨てるのはそっちだッ！」

逆に、室内にいた黒髪の男にデリンジャーの銃口《じゅうこう》を向けられてしまっていた。

もう1人いた銀髪の男は、武偵高《ぶていこう》の改造制服姿のあかりより小柄《こがら》な女子――あれが、島《しま》麒麟《きりん》だ！――の頭に、コルト・アナコンダの銃口を当てている。

「……っ……！」

突入にモタついた数秒の遅れが、攻守をいきなり逆転させてしまったのだ……！

「……！」

人質《ひとじち》の人命を優先させるため――

あかりと志乃は、武器を足元に捨てざるを得ない。

そんな2人に、

「なんで……そこで転ぶですの……!?」

と、麒麟が絶望的な顔をするのが見えた。

13弾　島麒麟③

ドーム状になったホテルの屋上、そこに設置されていたポールに掛けた空挺《くうてい》ワイヤーを
――ライカは、横へ横へと伸ばしていく。

結果、703号室からはかなり手前に離れた場所に移動する事になる。

しかし、これでいい。島麒麟《しまきりん》のアイデアに従うのなら。

片目を閉じ、何度も角度を目測して――やがて、ライカは足を止めた。

見下ろせば、向こう側の地上には大きなプールも見える。

そのプールの上空と今のライカの立ち位置、そして703号室は、前後関係だけ見ればちょうど全て直線上にある。

（……よしッ！）

ライカは左手でワイヤーを握《にぎ》り、その先端《せんたん》についたホルダーに片足を掛ける。

ちょうど、あかりがさっき遊んでいた遊具『ターザン・ブランコ』と同じような感じで。

（島麒麟も……ラクーン台場であの遊具を見て、これを思いついたのかもな）

ライカは、一つ深呼吸してから――アサルトライフル《Magpul MASADA》を腰《こし》ダメに構え、屋上から――

空中へと、その身を投げ出す。

§　　　§

703号室では、武器を取り上げられたあかりと志乃《しの》が床に座らされていた。

「ハハッ、人質《ひとじち》と武器が増えたぜ！」

黒髪の誘拐《ゆうかい》犯は、あかりのＵＺＩを持って銃口《じゅうこう》を２人に向けている。

銃があるため、志乃の刀は部屋の片隅《かたすみ》にうち捨てられていたが……

こうなってしまっては、あかりたちも身動きが取れない。

銀髪男の左腕に首を絞められるようにして捕まっている麒麟も、観念したような様子だ。

だが――あかりには、最後の望みがあった。

ライカだ。窓の方から、ライカがきっと――

その時。

「！」

――バババババババババッ！

ライフルの連射音と、ベッドルームの側で窓ガラスの砕《くだ》け散る音が鳴り響いた。

室内にいた全員の視線が、その大きな窓に向けられる。

しかし、あかりがライカの姿を目で捉《とら》えられたのは一瞬だった。

ワイヤーを掛ける場所が真上に無かったのだろう。ライカはブランコのように窓の前を左から右へとスイングしていき、窓のずっと先へと消えてしまっている。

「バカか。そっちにゃ誰《だれ》もいねえよッ！」

突然の銃撃《じゆうげき》に焦《あせ》った黒髪の誘拐犯《ゆうかい》が、無人のベッドルームを撃ったライカをバカにするように笑う。

一縷《いちる》の望みも絶たれたかと思ったあかりが、歯ぎしりした時。

――島麒麟《しまきりん》が。

ぱぁ、と、顔を明るくした。そして、

「――がうですの！」

自分の首に掛けられていた腕に噛《か》み付き、その拘束《こうそく》から逃れる。

「てめえ……！　止まれッ！」

誘拐犯たちに凄まれる麒麟は――

――この絶望的な状況下において、全く場違いな、可憐《かれん》な笑顔をしていた。

まるで1人だけ、この事件が解決したことを理解したかのように。

「――恋心は　振り子みたいに　揺れて　揺れて――♪」

歌いながら、ぽん、ぽん――と、ダンスするようなステップで、麒麟はベッドルームへ逃げていく。だがそこに出口はない。ただ、割れた窓があるだけの行き止まりだ。

その不可解な行動には誘拐犯のみならず、あかりや志乃《しの》も眉《まゆ》を寄せる。

「3、2、1」

カウントダウンを指で数えた麒麟は――

ぽん！　と、ベッドをジャンプ台にして。

「きゃはーん」

ゆるく握《にぎ》った両手を顔の下に寄せたブリッ子ポーズで、背中から。

飛び出した。

窓の外、その、地上7階の虚空《こくう》へと。

「――――！」

笑顔で投身自殺するようなその光景に、703号室の全員が唖然《あぜん》とした瞬間。

――パシッッ！――

空中に躍り出た、麒麟の小さな身体を――今度は、右から、左へ――ブランコの要領で振り子状に戻ってきたライカの両腕が、見事にキャッチした。

その救出劇を、あかりと志乃は室内から目撃する。

麒麟が紙飛行機に書いた、『ターザン　戻りでダイブ』。それはつまり、救出者に窓の外でターザンのように振・り・子・運動する事を求めていたのだ。

そのタイミングでダイブするから、抱き留めて――という、意味だったのだ。

空中で麒麟《きりん》を救出したライカが、プツッ！　と、ナイフでワイヤーを自ら切っている。

その意味も、あかりにはすぐに分かった。

あの軌跡《きせき》から放物線を描いて落ちれば――ホテルの下にあった、大きなプールに落ちる事ができるのだ。

だが、そんな２人に今、

「――クソッ！」

窓際に立った銀髪の男がコルト・アナコンダの銃口《じゅうこう》を向けている。

「ライカ！」

あかりが警告の声を上げ、ライカも銃を向けられている事に気づいたが、空中では何ら回避行動を取れない。

だが、人質《ひとじち》を守る事はできる――

とばかりに、ライカは麒麟の頭を胸に抱きながら、自らの背を銃口に晒《さら》している。

――ダッ！

ライカを助けるため、あかりは銀髪の誘拐《ゆうかい》犯の所へと走った。

「動くんじゃねえ！」

その行く手を、黒髪の男が塞《ふさ》ぐ。

デリンジャーと、あかりのマイクロＵＺＩを両手に握《にぎ》って。

「あかりさん！　危ない！」

志乃《しの》の声を聞いても、あかりは止まらない。

その脳裏《のうり》には、数日前のアリアのお小言が浮かんでいた。

（アリア先輩《せんぱい》……先輩の言う通り、あたし、武偵《ぶてい》として自覚が足りませんでした……！）

あかりは男の脇を強引《ごういん》にすり抜けようとするが、２人の身体はもつれ合って倒れる。

もう、あかりの手はライカを狙《ねら》う銀髪男のコルト・アナコンダには届かない。

……間に合わない！

アナコンダを向ける銀髪男と、ライカたちの距離《きょり》は、まだ遠くない。

狙って撃てば、素人《しろうと》でも当てられる距離だ。

そして、男の狙いは思った以上に正確で――

――撃たれれば、マグナム弾が命中してしまう。ライカの頭部か、首に。

（あたし、心から反省しました……！　だから――）

あかりは声の限り――

「――助けてぇ――！」

叫んだ。

その声を掻《か》き消すように、バスンッッッ！　という発砲音《はっぽう》が、無情にも鳴り響く。

銀髪の誘拐《ゆうかい》犯が、コルト・アナコンダのトリガーを引いたのだ。

空中のライカは、より強く麒麟《きりん》の頭を抱きかかえる。

（……！）

だが、弾丸は——ライカに、当たらなかった。

這《は》うように、あかりがベッドルームの窓から身を乗り出すと……

ライカと麒麟は、抱き合いながら水しぶきを上げてプールに落ちていた。

一方、

「——ガキどもがっ！」

あかりともつれ合って倒れた黒髪の男は、顔を真っ赤にさせながら起き上がってきた。

そして、デリンジャーとマイクロUZIを使って脅《おど》そうとするが……

「……!?」

その手に、もう銃《じゅう》は無い。２丁の銃は共に、今、あかりの手にあるのだ。

——鳶穿《とびうがち》——

交錯《こうさく》の瞬間に敵から物を掠《かす》め取る、その技によって。

今の混乱の中で、志乃はサーベルを拾ってきており……窓際にいた銀髪男に突きつけて、コルト・アナコンダを捨てさせている。

丸腰《まるごし》になってしまった誘拐犯たちが両手を挙げて投降の意思を示す中、あかりは——

（ライカ……！）

銃《じゅう》を2人に向けつつも、波打つプールを見下ろしてライカと島麒麟《しまきりん》の無事を祈った。

その祈りは――天に、通じたらしい。

プール中央で水しぶきが上がり、麒麟と共にライカが水面に顔を出したのだ。

「ライカ……！」

あかりにようやく安堵《あんど》の表情が浮かぶ。

遠目ではあるが、水面に浮かぶ2人に大きな外傷はなさそうに見える。

絶対に当たってしまうと思った弾だったが、それは奇跡的に当たらなかったのだ。

いや、これはきっと――奇跡ではない。

……きっと、アリア先輩《せんぱい》が……

§　　　　§

東京武偵高《ぶていこう》、狙撃科棟《スナイプとう》の屋上で――

「………」

狙撃科の天才狙撃手・レキが片膝立ち姿勢《ニーリング・ポジション》からドラグノフを下げた。

その銃口《じゅうこう》からは、今さっき発砲《はっぽう》した事を示す硝煙《しょうえん》が僅《わず》かに立ち込めている。

ショートカットの美少女でありながら、その顔に何の感情も表さないレキの隣《となり》では……

「んもう。手がかかるんだから」

レキの観測手を務めたアリアが、やれやれ、といった顔で軍用双眼鏡から目を外した。

2人は武偵高の周知メールを受け、この屋上から現状の様子を窺《うかが》っていた。

そして、ラクーン・グランドホテルの上にいるライカを見つけて――

その援護射撃を、完了したところだ。

何事も無かったかのように狙撃銃を肩掛けし直したレキに、

「あんたもSランクだけあって凄いわね。銃弾撃《ビリヤード》ちなんて初めて見たわ」

感心した様子で、アリアが語りかける。

双眼鏡越しに見たその時の光景は、アリアの脳裏《のうり》にしっかりと焼きついていた。

空中のライカに向けて発砲された、コルト・アナコンダのマグナム弾を――

――発砲を先読みしたレキが撃った、ドラグノフの7.62mm弾が弾《はじ》き飛ばしたのだ。

弾はさすがに見えなかったが、弾同士が衝突《しょうとつ》した火花は見えた。

2km近く離れたラクーン台場を飛ぶ弾丸に、弾丸を当てる。

もはや超能力者レベルの神業を難なくやってのけたレキは、しかし……

「……」

相変わらず無言で、どこを見てるのかすらよく分からない虚《うつ》ろな目つきをしていた。

§　　§

びしょ濡《ぬ》れのライカが、プールサイドで荒い息をつく。

そのポニーテールの先端《せんたん》からはポタポタ水滴《すいてき》が落ち、セーラー服の白いブラウスは中が透けて見えてしまっている。だが、なんとか……島麒麟《しまきりん》を、助ける事ができた。

「大丈夫だったか、お前……」

ライカが、プールサイドに上がってきた島麒麟に声をかけた――

「！」

――その時、ライカの心臓が大きく体内でジャンプした。

助ける時はハッキリ気づかなかったが、麒麟の外見は……

女の子らしい、ふわふわした栗色の髪。

くりくりした二重《ふたえ》まぶたの、爛々《らんらん》と輝く大きな目。

女の子でなければ付ける事が許されない、大きな純白のリボン付き髪飾り。たっぷりのフリルで縁《ふち》取られた、コスプレっぽい改造セーラー服。

そして……あかりよりも小柄《こがら》な、何を差し置いても守ってあげたくなってしまうようなミニマムサイズの身長。そのくせ、いけない事に胸はちゃんとあって……

（……うおぉ……！）

まるで、少女マンガに出てくる美少女キャラそのもの。

ライカが弱いタイプ、直球ド真ん中の女の子。ライカが夢に描いていた――いや、その理想を上回る、女の子らしさを濃縮《のうしゅく》したような少女。

それが今、現実に――そこに、いるのだ。

「……見・つ・け・た……」

ライカが心で呟《つぶや》いたそのセリフを、鏡で映したかのように麒麟が呟く。

そして、幸せいっぱいの顔で……「麒麟の王子様……！」と、妙なセリフを続けていた。

誘拐《ゆうかい》犯2人はあかりたちによる一次拘束《こうそく》の後、駆《か》けつけた湾岸《わんがん》警察のパトカーによって留置場へと連れ去られていった。

それへの立ち会いはあかりと志乃《しの》に一旦《いったん》任せ、ズブ濡れのライカと麒麟は――

まず、着替える事にする。

スタッフルームを借り、武偵高《ぶていこう》・装備科《アムド》から来た平賀文《ひらがあや》という先輩《せんぱい》が（有料で）運んできてくれたセーラー服に着替えるのだが……

とびっきり可愛《かわい》い後輩《こうはい》の女子と2人っきりという事もあり、ライカは少々落ち着かない。

無言でいたら何やら心がむずむずしてきたので、

「お前。武偵なら、ああなる前に解決しろよ？　普通、捕・ま・っ・た・ら・お・し・ま・い・なんだ」

話しかけるついでに、後輩《こうはい》の島麒麟《しまきりん》をたしなめる。

下着はラクーン・グランドホテルが間に合わせのものをくれるというので、黒いブラのホックを外すと――

「まだ濡《ぬ》れてますわ！　お姉様！」

バスタオルを手にした麒麟が、後ろから抱きついてきた。

その両手は、肌を拭《ふ》いてくれるつもりなのか何なのか……ライカの両胸を、思いっきり鷲《わし》づかみにしている。

「お……おいっ！　自分で拭くから……」

ライカは逃れようとするが、それよりも早く麒麟が胸をまあるくマッサージするように拭いてくるので――

「――ンッ……！」

つい、声が出てしまった。

自分にもこんな声が出せたのかと思うほど、女っぽい声が。

「やーん、喘《あえ》ぎ声もセクシーですわ！」

麒麟は楽しそうにしているが、な、何だコイツは。何で女が女にこんな事をする。

第一印象の可憐《かれん》さとはまた異なる、小悪魔のような麒麟のムードに――

――かぁあ、とライカの顔が真っ赤に染まっていく。

「この……ッ！　変態か、お前は！」

とにかくテンパってしまって、麒麟を肘《ひじ》で払《はら》う——が、なんでか力が入らず、ひょいと躱《かわ》されてしまった。

子リスのような身軽さでライカから距離《きょり》を取った、麒麟は……くるりん。

何段ものフリルに縁《ふち》取られた、甘《あま》ロリ下着姿でターンした。

「麒麟、決めちゃいましたの。今年は——」

その麒麟の指が、ぴし！

と、ライカの顔に向けられてくる。

「……？」

「ライカお姉様に戦姉妹申請《アミカしんせい》！　いたしますわ！」

……はあ!?

と、絶句してしまったライカに——

麒麟は、ぱちん。最高の笑顔で、ウィンクをした。

「——捕・ま・っ・た・ら、お・し・ま・い・ですのよ！」

Go For The Next!!!

あとがき

こんにちは！　そして、もしかすると初めまして。赤松中学《あかまつちゆうがく》です。

今回めでたく刊行と相成りました、この『緋弾のアリアＡＡ《ダブルエー》』の主人公・間宮《まみや》あかりは銃《じゆう》や刀剣《とうけん》で武装した探偵――『武偵《ぶてい》』を育成する東京武偵高《ぶていこう》の１年生。身長１３９㎝のちっちゃな体を防弾セーラー服に包み、短機関銃《サブマシンガン》を手に悪と戦う新たなヒロインなのであります。

ですがそこは、入学したての１年生。

未熟なところも多く、特に射撃なんかはビリの成績だったりもします。

それでも持ち前の天真爛漫《てんしんらんまん》さとド根性で目標に向かって頑張《がんば》る、ちっこかわいいあかりを……読者の皆さんは、あかりの友達や先輩《せんぱい》になったつもりで応援《おうえん》してやって下さいね。

この物語は、そんなあかりのスポ根的な成長譚を縦糸にしつつも――

数多くのヒロインたちによる、『友情』の横糸で織り成されています。

あかりの友達の女子たちは、みんなあかりが大好き。ちょっと過剰《かじよう》に好きな女子もいるほどです。そうしてあかりと友情で結ばれた女子たち同士の間でも、熱くて美しい友情がキラキラと構築されていくのです。

マジメな女子、男勝《おとこまさ》りな女子、ブリッコの女子など、個性豊かな女子達が、時にケンカするシーンを交えながらも――いずれは、強い絆《きずな》で結ばれていきます。女子高生とはいえ武偵のタマゴなので、ケンカが銃撃戦だったりもするんですけどね。ともあれ〝友情〟というキーワードは、この『緋弾のアリアAA』の作中で深くて重要な意味を持ちます。ラブコメディーの多いライトノベルの世界では珍しいこの友情物語を、ぜひ新鮮《しんせん》な気分でお楽しみ下さい！

本作はもちろん小説単体でもお読みいただけますが、元々ヤングガンガンで私が原作を書いているマンガの小説版で、『緋弾のアリア』という小説の姉妹作でもあります。併《あわ》せて読むと一層お楽しみいただけますので、ぜひそれらも手に取ってみて下さいね。なお、既にアニメ化された緋弾のアリア同様、この緋弾のアリアＡＡもＴＶアニメ化が決定しています！　アニメの情報にもご注目いただきつつ、引き続きご愛顧下さい。

さて、いま本屋さんで立ち読み中の――そこのあなた！　あとがきなんかナナメ読みでいいのです。今すぐレジへ持っていって、思いっきり作品本編の世界に浸《ひた》って下さいね！

２０１５年１月吉日　赤松中学

祝AA小説1巻発売!!
こんにちはこぶいちです。
AAがついに小説化！
ということで、アリア本編に
引き続きこちらでも挿絵を
描かせていただくことになりました。
橘先生の可愛い絵を再現するのは
とてもむずかしいので
イメージと違ってたら申し訳ないです…！
2巻もぜひよろしくお願いします！

MF文庫J

緋弾のアリアAA

発行	2015年　1月31日　初版第一刷発行
著者	赤松中学＆チームアミカ
発行者	三坂泰二
編集長	万木壮
発行所	株式会社 KADOKAWA 〒102-8177 東京都千代田区富士見 2-13-3 0570-002-301（営業） 年末年始を除く 平日10:00～18:00 まで
編集	メディアファクトリー 0570-002-001（カスタマーサポートセンター） 年末年始を除く 平日10:00～18:00 まで
印刷・製本	株式会社廣済堂

Printed in Japan　ISBN 978-4-04-067354-7 C0193
http://www.kadokawa.co.jp/

【 ファンレター、作品のご感想をお待ちしています 】
〒150-0002 東京都渋谷区渋谷3-3-5 NBF渋谷イースト
株式会社KADOKAWA　MF文庫J編集部気付「赤松中学先生」係　「こぶいち先生」係

第11回 MF文庫J ライトノベル新人賞 募集要項

MF文庫Jにふさわしい、オリジナリティ溢れるフレッシュなエンターテインメント作品を募集いたします。

他社でデビュー経験がなければ誰でも応募OK！ 応募者全員に評価シートを返送します。

★賞の概要
10代の読者が心から楽しめる、オリジナリティ溢れるフレッシュなエンターテインメント作品を募集します。他社でデビュー経験がなければ誰でも応募OK！ 応募者全員に評価シートを返送します。年4回の〆切を設け、それぞれの〆切ごとに佳作を選出します。選出された佳作の中から、通期で『最優秀賞』、『優秀賞』を選出します。

最優秀賞	正賞の楯と副賞100万円
優秀賞	正賞の楯と副賞50万円
佳作	正賞の楯と副賞10万円

★審査員
さがら総先生、志瑞祐先生、三浦勇雄先生、MF文庫J編集部、映像事業部

★〆切
本年度のそれぞれの予備審査の〆切は、2014年6月末（第一期予備審査）、9月末（第二期予備審査）、12月末（第三期予備審査）、2015年3月末（第四期予備審査）とします。 ※それぞれ当日消印有効

★応募規定と応募時の封入物
未発表のオリジナル作品に限ります。日本語の縦書きで、1ページ40文字×34行の書式で80～150枚。原稿は必ずワープロまたはパソコンでA4横使用の紙に出力（感熱紙への印刷、両面印刷は不可）し、ページ番号を振って右上をWクリップなどで綴じること。手書き、データ（フロッピーなど）での応募は不可とします。

■封入物 ❶原稿（応募作品）❷別紙A　タイトル、ペンネーム、本名、年齢、郵便番号、住所、電話番号、メールアドレス、略歴、他賞への応募歴（多数の場合は主なもの）を記入 ❸別紙B　作品の梗概（1000文字程度、タイトルを記入のうえ本文と同じ書式で必ず1枚にまとめてください） 以上、3点。
※書式等詳細はMF文庫Jホームページにてご確認ください。

★注意事項
※各期予備審査の進行に応じて、MF文庫Jホームページにて一次通過者の発表を行います。
※作品受理通知は、追跡可能な送付サービスが普及しましたので、実施しておりません。
※複数作品の応募は可としますが、1作品ずつ別送してください。
※非営利に運営されているウェブサイトに掲載された作品の新人賞へのご応募は問題ございません。ご応募される場合は応募シートの他賞への応募履歴の欄に、掲載されているサイトのお名前と作品のタイトル名、URLをご記入ください。
※ウェブサイトに掲載された作品が新人賞を受賞された場合、掲載の取り下げをお願いする場合がございます。ご了承下さい。
※15歳以下の方は必ず保護者の同意を得てから、個人情報をご提供ください。
※なお、応募規定を守っていない作品は審査対象から外れますのでご注意ください。
※入賞作品については、株式会社KADOKAWAが出版権を持ちます。以後の作品の二次使用については、株式会社KADOKAWAとの出版契約に従っていただきます。
※応募作の返却はいたしません。審査についてのお問い合わせにはお答えできません。
※新人賞に関するお問い合わせは、メディアファクトリーカスタマーサポートセンターへ
☎0570-002-001（月～金 10:00～18:00）
※ ご提供いただいた個人情報は、賞選考に関わる業務以外には使用いたしません。

★応募資格 不問。ただし、他社で小説家としてデビュー経験のない新人に限ります。

★選考のスケジュール

第一期予備審査	2014年 6月30日までの応募分	選考発表／2014年10月25日
第二期予備審査	2014年 9月30日までの応募分	選考発表／2015年 1月25日
第三期予備審査	2014年12月31日までの応募分	選考発表／2015年 4月25日
第四期予備審査	2015年 3月31日までの応募分	選考発表／2015年 7月25日
第11回MF文庫Jライトノベル新人賞 最優秀賞		選考発表／2015年 8月25日

★評価シートの送付
全応募作に対し、評価シートを送付します。
※返送用の切手、封筒、宛名シールなどは必要ありません。全てメディアファクトリーで用意します。

★結果発表 MF文庫J挟み込みのチラシ及びホームページ上にて発表。

〒150-0002 東京都渋谷区渋谷3-3-5 NBF渋谷イースト
株式会社KADOKAWA MF文庫J編集部気付 ライトノベル新人賞係